JEUNESSE

Alfred
et la lune cassée

roman

Données de catalogage avant publication (Canada)

Beauchemin, Yves
Alfred et la lune cassée
(Bilbo jeunesse ; 73)
ISBN 2-89037-818-7
I. Titre. II. Collection.
PS8553.E172A74 1997   JC843'.54 C97-940112-7
PS9553.E172A74 1997
PZ23.B42A1 1997

Nous reconnaissons l'aide financière du
gouvernement du Canada par l'entremise du
Programme d'aide au développement de l'industrie
de l'édition (PADIÉ) pour nos activités d'édition.

Gouvernement du Québec – Programme de crédit
d'impôt pour l'édition de livres – Gestion SODEC.

Les Éditions Québec Amérique bénéficient du
programme de subvention globale du Conseil des
Arts du Canada. Elles tiennent également à
remercier la SODEC pour son appui financier.

Québec Amérique
329, rue de la Commune Ouest, 3e étage
Montréal (Québec) H2Y 2E1
Téléphone : (514) 499-3000, télécopieur : (514) 499-3010

Dépôt légal : 2e trimestre 1997
Bibliothèque nationale du Québec
Bibliothèque nationale du Canada

Révision linguistique : Diane Martin
Mise en pages : Julie Dubuc
Réimpression : mars 2004

Alfred
et la lune cassée

YVES BEAUCHEMIN

QUÉBEC AMÉRIQUE jeunesse

Du même auteur chez Québec Amérique

Jeunesse
Une histoire à faire japper, roman, coll. Gulliver, 1991.

SÉRIE ALFRED
Antoine et Alfred, roman, coll. Bilbo, 1992.
Alfred sauve Antoine, roman, coll. Bilbo, 1996.
Alfred et la lune cassée, roman, coll. Bilbo, 1997.

Adulte
Le Matou, roman, 1981, nouvelle édition coll. QA compact, 2002.
  • **Prix de la ville de Montréal, 1982.**
  • **Prix du Livre d'été, Cannes, 1982.**
  • **Prix des lycéens du Conseil régional de l'Île-de-France, Paris, 1992.**
Du sommet d'un arbre, récits, 1986.
  (Nouvelle édition, BQ Poche, 2001).
L'Avenir du français au Québec, en collaboration, 1987.
Juliette Pomerleau, roman, 1989.
  • **Prix du grand public du salon du livre de Montréal – La Presse, 1989.**
  • **Prix Jean-Giono, 1990.**
  • **Grand prix littéraire des lectrices de Elle, 1990.**
  • **Prix des arts Maximilien-Boucher, 1990.**
Le Second violon, roman, 1996.
Les Émois d'un marchand de café, roman, 1999.
  • **Prix du grand public du salon du livre de Montréal – La Presse, 2000.**
Une nuit à l'hôtel, nouvelles, 2001.

À Richard, le patron du *Toulouse*,
pour m'avoir parlé d'une île.

1

Alfred avait la migraine. Il s'était retiré dans sa chambre au grenier et essayait de dormir. Tout le monde devait marcher sur la pointe des pieds. Marie-Anne ne pouvait préparer son gâteau au chocolat pour le souper : le bruit du malaxeur aurait mis le rat en colère. Elle avait également fermé la radio, Antoine avait éteint la télé, Judith devait babiller à voix basse (à voix basse !) et quand monsieur Brisson arriva de son travail, Alain se précipita vers lui, un doigt sur les lèvres, pour lui signifier de refermer doucement la porte.

En somme, c'était un samedi plate à mourir.

— Que se passe-t-il? demanda Jean-Guy. Ah non! pas encore une migraine! Ça devient invivable. Il faut consulter un médecin.

— Ce sont les soucis d'argent, murmura Antoine, lugubre. Alfred n'est pas fait pour la richesse. Il a peur des voleurs, des mauvais placements, il passe les nuits dehors à fouiner dans les magasins, soi-disant pour «décider de ses futurs achats», mais il n'achète jamais rien. Est-ce qu'il serait devenu avare, papa?

— Avare? Euh... je n'en ai pas la moindre idée.

— Avare ou pas, tout ça démolit le foie. Mon professeur m'a dit que la migraine vient souvent d'un foie malade.

— Que faire? soupira Alain.

— Combien a-t-il en banque? demanda Marie-Anne.

Jean-Guy sortit un livret de sa poche :

— 52 287,33 $, très exactement : 40 000 $ pour avoir trouvé le tableau de Rembrandt* et le reste en salaire de Robinet.

Antoine secoua gravement la tête :

— Il est vraiment riche. Il est presque aussi riche que moi.

— Mais, depuis un mois, il n'arrête pas de maigrir, déplora Alain avec des larmes dans la voix. Et il n'a plus aucun entrain. Il n'a même plus le cœur de nous engueuler. Si ça continue ainsi...

— On parle de moi? murmura une petite voix glaciale.

Alfred venait d'apparaître dans la porte de la cuisine, un minuscule sac de glace sur la tête, et les fixait d'un œil peu aimable.

— Oui, Alfred, répondit Marie-Anne, on parle de toi. Depuis

_____
* Voir *Alfred sauve Antoine.*

quelque temps, tu nous inquiètes.

— Le monde irait bien mieux, remarqua-t-il en replaçant le sac sur sa tête, si chacun se mêlait de ses affaires.

— Écoute, mon garçon, rétorqua Jean-Guy, tu fais partie de notre famille. Tes affaires sont un peu les nôtres, non? Ça te déplaît?

— Plus rien ne me déplaît, plus rien ne me plaît, murmura Alfred, accablé. Un coup de marteau sur la tête ou une caresse sur le museau, c'est pour moi du pareil au même.

Motte de Beurre apparut derrière le rat, l'œil endormi, le poil fripé. Il bâilla comme un crocodile, fit trois pas, s'assit, enroula sa queue et se mit à écouter.

Antoine s'était avancé, les mains sur les hanches :

— Alfred, il faut voir la réalité en face : tu fais une dépression nerveuse causée par l'argent. Il faut te soigner, sinon tu vas perdre la boule.

— Une dépression? fit le rat avec un sourire amer. J'aimerais bien en faire une. J'en serais fort aise. Ce qui m'arrive est bien pire.

— Qu'est-ce qui t'arrive? demanda Alain.

— Mêlez-vous de vos affaires!

Antoine rougit :

— Alors crève dans ton coin!

Alfred leva la tête, saisi, mais ne répondit rien.

— Crève dans ton coin et fiche-nous la paix, ajouta Alain.

— Fiche-nous la paix et pars en fumée, compléta Motte de Beurre, ce qui se traduisit par *Mrniou-iow-iou*.

Alfred les regarda tour à tour, eut une étrange grimace, puis... se mit à pleurer! Les larmes roulaient sur son museau et dégouttaient au bout de son nez. D'autres s'aventuraient le long de sa moustache et se balançaient, indécises, jetant de douces lueurs.

Tout le monde l'observait, atterré. C'était la première fois qu'on le voyait pleurer. Un rat en larmes : spectacle épouvantable!

Une tristesse de cachot tomba dans la pièce. La température sembla baisser, l'air devint comme humide, on voyait presque des suintements sur les murs.

Marie-Anne s'avança vers lui :

— Arrête, Alfred, c'est insupportable.

Elle voulut le prendre dans ses mains.

— Fichez le camp! cria Alfred. Je vous déteste! Vous ne saurez rien de moi!

Et, pleurant de plus belle, il raconta son histoire.

2

Deux ans plus tôt, après une
violente querelle, Alfred
avait quitté ses parents. Il
avait vécu seul quelques mois
dans un tuyau d'égout, puis la
famille Brisson l'avait recueilli*.

Avec le temps, la colère du rat
contre les siens s'était adoucie. Sa
bonne vie chez les Brisson et ses
exploits d'assistant-électricien et
de dénicheur de tableaux avaient
fait le reste. Il avait alors eu le goût
d'une réconciliation et s'était mis
à leur recherche. Mais voilà : après
un mois d'efforts, Ovide et Nana

---

* Voir *Antoine et Alfred*.

demeuraient introuvables. Alfred s'était rendu à leur dernier domicile, au bureau de poste du chemin de Chambly à Longueuil, mais n'avait découvert aucune trace de leur présence, à part un vieux morceau de saucisse racorni près d'une pile de journaux dans le fond de la cave.

Poursuivant ses recherches dans les murs, recoins, tuyaux, fissures, poubelles et amoncellements, il avait exploré sans succès tout le Vieux-Longueuil. Il avait questionné bien des rats, mais aucun d'eux ne savait où se trouvaient ses parents. Leur départ subit remontait à plusieurs mois.

— Voilà ma chance, murmura Alfred entre deux sanglots. Quand je vivais avec eux, je ne pouvais pas faire deux pas sans les avoir dans les pattes et maintenant que je veux les voir, c'est comme s'ils n'avaient jamais existé. Depuis un mois, je m'épuise en pure perte. Quand je pense que leur dernier souvenir de moi, ce sera une engueulade, la tête me fend, j'ai envie de me jeter sous un camion, d'avaler une pelletée de poison, de me précipiter dans la gueule d'un chat. C'est affreux! Je meurs à petit feu. Bientôt, je ne serai plus qu'un paquet d'os et on m'oubliera. Bien fait pour moi!

On aurait entendu tousser un ver de terre. Motte de Beurre avait roulé ses pattes en manchon et semblait perdu dans de tristes réflexions.

— Est-ce que... euh... je peux me permettre, se risqua Antoine, de te demander... euh... la cause de votre chicane, Alfred?

— Occupe-toi de tes oignons et on ne mettra pas le nez dans ton pantalon.

— Très bien, fit sèchement Antoine. Merci pour ta délicatesse.

Le silence tomba de nouveau.

— Écoute, Alfred, suggéra prudemment Jean-Guy, peut-être que tes parents... après tout, les rats d'égout mènent une vie dangereuse... peut-être... qu'ils sont morts?

— On le saurait. Mes parents étaient connus. Il n'y avait que mon père dans tout le Vieux-Longueuil pour ouvrir une boîte de conserve d'un coup de dent. Ma mère connaissait les noms et prénoms de tous les rats de la ville et ceux de leurs ancêtres jusqu'à la troisième génération. De plus, pour ceux qui avaient eu le malheur d'avaler de la mort-aux-rats, elle avait inventé un contrepoison à partir de trognons de pomme moisis et de lait caillé qui les remettait sur le piton en vingt minutes.

— *Mrrr-ttt-rrr*, fit Motte de Beurre, voulant dire par là :

«C'étaient des gens bien. Jamais je n'aurais osé les croquer.»

— C'est ce que disent tous les chats quand ils ont le ventre plein, riposta Alfred.

Une horrible grimace convulsa son visage :

— Ouille! ouille! ouille! Voilà que ça recommence! La tête va m'éclater! Je retourne à mon lit... Ne m'attendez pas pour le souper.

— Il faut faire quelque chose pour ce pauvre Alfred, murmura Jean-Guy, quand il fut parti. Vous savez quoi? Je crois qu'il est en train de *mourir de chagrin.*

— Mais pourquoi vouloir à tout prix retrouver ses parents? demanda Antoine. On ne lui suffit pas?

— Des parents, ça ne se remplace pas, répondit Alain.

Motte de Beurre les écoutait, battant l'air de sa queue, l'œil tout à coup animé d'étranges lueurs.

Antoine le regarda, étonné. Il était d'ordinaire si placide, pour ne pas dire engourdi. On pouvait le nettoyer à l'aspirateur sans qu'il se réveille!

Le chat le frôla en ronronnant, leva la tête et demanda la porte. Par la fenêtre, Antoine le vit traverser la cour aussi vite que le lui permettaient ses vieilles pattes, puis disparaître dans la haie.

— Je me demande ce qu'il mijote, murmura l'enfant. Quel dommage que je ne comprenne pas le langage des chats.

Motte de Beurre revint au milieu de la soirée; il titubait de fatigue, mais trouva quand même la force de grimper jusqu'à la chambre d'Antoine. Il s'avança près de son lit jusqu'au pied du petit escalier en colimaçon qui menait à la chambre d'Alfred et l'appela. Antoine les entendit discuter à voix basse, sans arriver à saisir leurs propos ; il n'osa pas entrer dans la pièce.

Il regarda un peu la télé, jeta plusieurs coups d'œil par la fenêtre, sans trop savoir pourquoi, mit de l'ordre dans sa collection de timbres, puis admira encore une fois les merveilleuses reproductions du livre sur Rembrandt que lui avaient donné ses parents. Il fut bientôt l'heure de se coucher.

— Bonne nuit, Motte de Beurre, fit-il en pénétrant dans le salon.

Le chat, étendu sur le canapé, le fixa avec de grands yeux tout striés de lueurs vertes, puis poussa plusieurs petits miaulements saccadés.

— Il est drôle, ce soir, remarqua Antoine en se dirigeant vers la cuisine pour souhaiter bonne nuit à ses parents.

Jean-Guy l'embrassa :

— N'oublie pas ta soie dentaire, hein?

Antoine enfila son pyjama, jeta un dernier coup d'œil par la fenêtre de sa chambre, éteignit la lumière et sauta dans son lit.

Une demi-heure passa. Le sommeil ne venait pas. Sa tête roulait sur l'oreiller, comme si elle avait eu une vie propre et aurait voulu se promener toute seule dans la maison. Un tourbillon d'images tristes et inquiétantes s'y agitait. Antoine ne cessait de penser à Alfred, *qui se mourait de chagrin.* À plusieurs reprises, il eut le goût d'aller à l'escalier en colimaçon et d'appeler le rat pour prendre de ses nouvelles, mais le pauvre animal dormait peut-être et n'aurait sans doute pas été content qu'on le réveille.

Finalement, sa tête se calma peu à peu, les images devinrent floues et s'adoucirent, le tourbillon ralentit, un léger engourdissement gagna ses jambes et monta dans son corps. Il ferma les yeux et se retrouva soudain avec Alfred en train de pêcher à la ligne au bord d'un lac étincelant. Leurs cordes se tendaient à tous moments, mais au lieu d'attraper des poissons, ils retiraient de l'eau de superbes pâtisseries qu'ils empilaient sur l'herbe pour les déguster plus tard. Soudain Alfred, laissant sa canne à pêche, sauta sur le monticule de beignes, de gâteaux et d'éclairs au chocolat et se mit à danser dessus en poussant des sifflements. Antoine, furieux, lui ordonna de descendre, mais le rat dansait de plus belle, tapant des pattes.

— Tape, tape, tape les pâtisseries! Tape et aplatis! chantait-il de sa voix ébréchée.

Antoine ouvrit brusquement les yeux :

— Antoine! Antoine! faisait une petite voix bien connue près de son oreille. Réveille-toi : j'ai à te parler.

— Qu'est-ce qu'il y a? bredouilla le garçon en essayant de mouvoir une langue qui semblait peser deux tonnes.

— Il faut que tu m'aides. Et tout de suite.

— T'aider? fit l'autre en s'assoyant dans son lit. T'aider en quoi?

— Il faut que tu m'accompagnes à un rendez-vous.

Antoine se tourna vers la fenêtre : il y faisait noir comme dans un baril de pétrole.

— En pleine nuit?

— Il le faut. C'est très important. Motte de Beurre m'a arrangé une rencontre dans le garage avec quelqu'un qui pourrait m'aider à retrouver mes parents. Mais je ne veux pas y aller seul.

— Pourquoi?

— Parce que ce quelqu'un...

c'est un chat.

— Ah bon. Et qui est ce chat?

— Je le saurai quand je l'aurai vu. Allons, saute dans tes culottes.

— Mes parents sont au courant?

— Pourquoi le seraient-ils?

Antoine glissa le rat dans sa poche, sortit doucement de sa chambre et descendit l'escalier sans faire plus de bruit qu'une mouche. Motte de Beurre se promenait devant la porte.

Antoine tourna la poignée et l'air frais de la nuit l'enveloppa, semant la chair de poule sur ses bras. Le chat se glissa entre ses jambes. Ils longèrent l'automobile stationnée contre la maison et pénétrèrent dans la cour. Le garage se trouvait tout au fond, sa porte entrebâillée.

Motte de Beurre s'arrêta et, se tournant vers Antoine :

— *Miow-mniou-mrrrrrrr.*

Alfred sortit la tête :

— Il veut d'abord avoir une petite conversation seul à seul avec l'autre chat.

— Ah bon. Eh bien, vas-y, mon vieux. On t'attend.

Et, tandis qu'Antoine, pour tuer le temps, grattait de l'ongle quelques taches de boue sur sa bicyclette, Motte de Beurre pénétrait dans le garage et s'approchait d'un énorme chat jaune et blanc à poil ras, couché sur un tas de planches, les pattes allongées, sortant et rentrant ses griffes, signe chez lui d'impatience. C'était un animal massif et râblé, costaud comme un débardeur, avec des pattes larges de trois doigts, de grandes oreilles aux bords déchiquetés et une grosse tête ronde aux bajoues énormes derrière lesquelles de formidables mâchoires malaxaient lentement une chique de gomme.

— Allons, te voilà enfin, murmura Fripesauce (c'était son nom).

Il était temps. C'est le petit garçon qui a besoin de moi?

Motte de Beurre hésita, puis :

— Non... ce n'est pas lui.

— Que fait-il là, alors? demanda l'autre, étonné.

— Il accompagne celui qui a besoin de ton aide.

Fripesauce allongea la tête et son regard perçant fouilla la cour obscure :

— Je ne vois personne. Tu plaisantes ou quoi? Je n'aime pas qu'on se paye ma gueule, tu le sais.

— Je le sais, je le sais. Il ne s'agit pas du petit garçon... mais de quelqu'un qui se trouve dans sa poche.

Fripesauce posa sur lui un œil interrogateur.

— Il s'agit d'un rat, ajouta Motte de Beurre.

Le chat eut un sourire de dédain :

— Un rat? Je regrette, mon vieux, mais je ne travaille pas pour les rats. Je les chasse. C'est tout ce qu'ils méritent.

— Il est riche, déclara Motte de Beurre, pressant. Il est millionnaire.

— Un rat millionnaire ne vaut pas le bout de la queue d'un chat pauvre. Désolé. Je ne marche pas.

— Il est aussi très intelligent. Grâce à lui, tu pourrais peut-être faire parler de toi dans les journaux... et même... y paraître en photo.

— Ah oui? fit l'autre, soudain intéressé.

Il ferma à demi les yeux, réfléchissant.

— Bon. Je vais tout de même prendre la peine de t'écouter. De quoi s'agit-il? Mais auparavant, dis-moi : pourquoi me cachais-tu qu'il s'agissait d'un rat?

— Parce que tu ne serais pas venu.

Et Motte de Beurre lui raconta l'histoire d'Alfred et de ses parents et le mystère de leur disparition subite. Fripesauce le fixait, imperturbable, rentrant et sortant ses griffes avec la même cadence implacable.

— C'est le fils d'Ovide et de Nana? fit-il quand l'autre eut terminé son récit. Très intéressant. Fais-les venir.

Motte de Beurre se rendit à la porte et poussa un léger miaulement.

— J'arrive, souffla Antoine en se précipitant.

Il avait eu la bonne idée d'apporter sa lampe de poche. En pénétrant à l'intérieur du garage, il l'alluma et le faisceau de lumière tomba sur Fripesauce, toujours couché. Antoine resta bouche bée : c'était la première fois de sa vie qu'il voyait un chat mâcher de la gomme. «Château! lança-t-il intérieurement, quel mastodonte! Il pourrait croquer un chien!»

Fripesauce détourna la tête en poussant un léger feulement.

— Arrête, tu l'aveugles, lança Alfred qui observait, tout frissonnant, l'énorme animal.

Antoine fit aussitôt dévier le rayon et, se penchant vers Motte de Beurre :

— C'est qui, ce matou de béton?

— *Miiii-rwow-rwow-prrrr-ssss.*

— Il s'appelle Fripesauce, traduisit Alfred de sa voix éraillée. Comme il ne dort en moyenne que six ou sept heures par jour – alors que les chats en dorment au moins seize – il a du temps libre; l'idée lui est venue de l'utiliser en créant un *bureau de renseignements sur la circulation des rats.* Il fouine partout, observe, réfléchit et n'oublie rien. Quand les chats manquent de nourriture ou qu'ils désirent tout simplement s'amuser à la chasse, ils lui achètent ses informations. «Sinistre, pensa-t-il en jetant un regard haineux sur Fripesauce, qui le fixait avec un tranquille mépris. Comment se fait-il que je n'aie jamais entendu parler de ce bandit?»

— Est-ce que tu sais où se trouvent les parents d'Alfred? demanda Antoine à Fripesauce.

Suivit une longue conversation entre Motte de Beurre et l'agent de renseignements.

— Il ne le sait pas, rapporta Alfred, mais il pourrait lancer une enquête. Il les a connus. Des rats très doués, dit-il. N'a jamais pu mettre la patte dessus, mais par contre il a attrapé une de mes sœurs. «Le salaud! lança-t-il intérieurement. Tu me le payeras, gros moulin à viande!» Il est prêt à se mettre au travail dès demain. Mais auparavant, il faudra aller lui porter six paquets de gomme baloune et deux sacs de quinze kilos de nourriture pour chats.

— De marque *Festin Félin*, précisa Fripesauce. Et il faut me promettre que, si jamais je les trouve, *morts ou vifs*, on fera paraître un petit article sur moi avec photos dans *Le Courrier du Sud*.

Alfred, retenant ses ricanements, fit de nouveau l'interprète.

— Entendu, répondit Antoine. Je me charge de tout.

Il allait lui demander où devait s'effectuer la livraison lorsqu'une porte grinça sur le côté de la maison.

— Antoine? lança la voix inquiète de Jean-Guy. Es-tu là?

Antoine avait éteint précipitamment sa lampe de poche, mais son père avait eu le temps d'apercevoir la lueur dans le garage.

— Qu'est-ce qui se passe? fit monsieur Brisson en s'avançant vers le bâtiment.

Sa silhouette se dessina dans l'entrebâillement de la porte, qu'il ouvrit toute grande, et la lueur du lampadaire de la rue se répandit dans le garage.

— Qu'est-ce que tu fous là, toi, en pleine nuit? Perds-tu la tête ou quoi?

— Je discutais avec un chat, papa, bafouilla Antoine. C'était au sujet des parents d'Alfred.

Et il tendit la main vers Fripe-sauce. Mais ce dernier avait disparu.

3

Antoine resta en pénitence à la maison toute la journée du lendemain, car ses parents ne croyaient pas du tout à cette histoire de chat dirigeant un bureau de renseignements sur les rats ; ils étaient plutôt d'avis que leur fils se moquait d'eux et préparait un coup pendable.

La journée s'écoula, morose. Vers treize heures, Michel Blondin lui téléphona pour l'inviter au cinéma ; Antoine, honteux d'avouer qu'il était en punition, prétexta une grippe, puis s'enferma dans sa chambre le reste de l'après-midi.

Alfred restait dans la sienne, de nouveau terrassé par la migraine. Au milieu de la soirée, il descendit au rez-de-chaussée, se laissa dorloter quelque temps par Judith, puis Motte de Beurre eut une courte conversation avec lui dans le salon. Antoine voulut savoir de quoi il s'agissait.

— Stratégie, répondit Alfred avec un fin sourire.

— Stratégie mon œil, vermine à grande queue ! C'est à cause de toi que j'ai moisi dans la maison toute la journée. J'ai le droit de savoir !

Mais le rat se sauva en ricanant.

Le lundi matin, Roméo Robinet se présenta comme d'habitude chez les Brisson pour amener Alfred au travail.

Le rat trottina jusqu'au vestibule, le front barré d'un pli mais une lueur malicieuse dans les yeux, et, se dressant devant l'électricien :

— Je regrette, Roméo, pas aujourd'hui. Je ne me sens pas du tout en forme.

Et il se passa la patte sur la tête avec une grimace douloureuse.

— Ciboulette! s'exclama l'électricien, dépité. Ça fait cinq fois que tu me fais le coup, Alfred! Je vais devoir te remplacer, à la fin... C'est que les clients n'attendent pas, eux!

— Remplace-moi, répondit froidement Alfred. Je suis sûr que tu pourrais trouver des centaines de rats dans mon genre au Centre d'emploi.

Robinet garda le silence, ne sachant que répondre, puis haussa les épaules avec un sourire un peu idiot.

— Écoute, dit enfin Alfred après l'avoir laissé poireauter un moment, j'ai pitié de toi. Je vais surmonter ma migraine et te donner un coup de main aujourd'hui. Mais, en échange, il faudra que tu me rendes un petit service.

— Tout ce que tu veux. De quoi s'agit-il?

— Je t'en parlerai dans la fourgonnette, répondit Alfred en entendant Marie-Anne approcher.

Ils sortirent. Robinet prit Alfred dans sa main, le déposa sur le siège avant, attacha à sa taille la minuscule ceinture de sécurité qu'il lui avait confectionnée et prit place derrière le volant.

— Au supermarché maintenant, ordonna Alfred.

L'autre lui jeta un regard étonné et voulut poser une question, mais l'expression du rat la lui rentra dans la gorge. Vingt minutes plus tard, Robinet déposait dans le fond d'un vieux garage de la rue Guillaume deux sacs de nourriture pour chats *Festin Félin* et six paquets de gomme baloune.

— C'est pour qui? se risqua-t-il à demander.

Alfred eut un clin d'œil :

— Pour la belle-mère de Christophe Colomb. Mais ne le dis à personne.

Robinet poussa un soupir, remonta dans sa fourgonnette et se dirigea vers la rue Grant où il travaillait chez un dentiste, célèbre dans tout Longueuil pour son épagneul aux dents cariées. Alfred – qui, en fait, ne souffrait d'aucune migraine – se surpassa tellement ce jour-là qu'à cinq heures le travail était fini. L'électricien, ravi, l'embrassa sur les deux joues :

— Viens-t'en, mon vieux, je t'amène chez *Pavarotti*. Tu t'achèteras tout le fromage que tu voudras!

— Même du gorgonzola?

— Même du gorgonzola!

— Je t'avertis : il est très cher.

— Je m'en fous. Paye-toi la traite, tu le mérites!

Ils se rendirent à la petite boutique de la rue Sainte-Élisabeth et, tandis que Roméo faisait l'achat de deux kilos de gorgonzola pour la modique somme de 142,76 $, Alfred en profitait pour aller fouiller dans les ordures à l'arrière du bâtiment.

C'était un endroit paisible et discret, entouré d'une jolie clôture en treillis, où deux grosses poubelles laissaient échapper un délicieux arôme de choses pourrissantes. Alfred allait y connaître la plus grande peur de sa vie.

Soulevant un couvercle, il se laissa tomber dans les déchets ; il reniflait une très intéressante laitue qui agonisait dans son jus lorsqu'un choc épouvantable le jeta sur le dos ; la poubelle en perdit son couvercle et un énorme chat jaune apparut au-dessus de lui, gueule béante, griffes sorties, et se mit à le fixer avec des yeux terrifiants.

Alfred ferma les siens et murmura un faible «Mon Dieu!», recroquevillé sur lui-même, prêt à mourir.

Puis il entendit un bruit étrange, comme une sorte de roucoulement. Il risqua un coup d'œil... et reconnut Fripesauce qui se bidonnait à perdre haleine.

— Je t'ai sacré toute une frousse, hein? parvint à dire le chat avec un rire méchant.

Couché sur le dos dans la bouillie de laitue, Alfred l'observait, incapable d'émettre un son.

Fripesauce reprit son sérieux :

— Dis-toi bien, minable, que si ce n'était pas de ma parole et des deux sacs de *Festin Félin* que tu m'as livrés tout à l'heure, je t'aurais ouvert comme une vieille tomate et dévoré en deux bouchées.

— Que me veux-tu? demanda Alfred d'une voix mourante.

— Je t'ai vu filer sur le trottoir tout à l'heure. Je me suis dit que l'occasion était bonne pour te donner de mes nouvelles.

— Des nouvelles... sur quoi?

— Sur tes parents, minable. J'ai commencé mon enquête et elle avance bien.

— Qu'est-ce... qu'est-ce que tu as découvert?

— Viens me voir à mon garage ce soir à sept heures, si tu veux le savoir. Tu pourras amener ton protecteur, et même ce vieux restant de chat qui se déplace comme une roue carrée.

Et Fripesauce sauta en bas de la poubelle, qui trembla encore une fois. Toujours sur le dos, Alfred fixait le ciel, le souffle court, les pattes molles et la tête vide.

Robinet l'appelait depuis deux bonnes minutes lorsqu'il trouva la force de s'extraire de la laitue gluante, puis de quitter cet endroit maudit où il avait failli mourir de peur.

4

— Je n'aime pas ce chat, répéta encore une fois Alfred à l'oreille d'Antoine quand ils pénétrèrent à l'heure dite dans le vieux garage de la rue Guillaume. Un jour, j'en suis sûr, il va me croquer.

L'endroit semblait désert.

— Tiens, murmura Alfred, les poches de nourriture ont disparu.

Soudain, il aperçut deux points lumineux sous une brouette. Un frisson le traversa :

— Il est là, Antoine. Je t'en prie, n'approche pas trop.

— Amène-toi, le chat ! lança le

garçon. On n'a pas de temps à perdre.

Bondissant de son coin d'ombre, Fripesauce sauta sur une vieille chaise et poussa un miaulement rauque.

«Quel athlète! s'étonna le petit garçon en voyant les ondulations de ses muscles sous son poil. Il pourrait transporter des sacs de ciment!»

— Vas-y, Alfred, questionne-le.

— Et alors? qu'avais-tu à nous dire? demanda le rat.

Le chat les fixait, immobile, l'œil impénétrable, puis soudain, à la stupéfaction d'Antoine, il se renversa sur le dos et, le corps à demi courbé, se gratta le derrière avec une de ses pattes de devant.

— Scusez-moi, murmura-t-il dans son langage de chat, ça me prend comme ça de temps à autre.

«Plutôt vulgaire, le mec», pensa Antoine.

— On t'écoute, mon vieux, reprit Alfred avec une pointe d'insolence (la présence d'Antoine commençait à raffermir son courage).

Fripesauce se remit debout et, allongeant la patte vers une tablette poussiéreuse, fit tomber un objet brillant sur le sol.

— Tu connais peut-être ça, le rat? lança-t-il, dédaigneux.

Alfred, figé, fixait l'objet en silence. Antoine se pencha et saisit un petit croissant de lune en cuivre; une des deux pointes était cassée. La lune avait un long nez pointu et une grande bouche aux lèvres charnues qui lui donnaient un air comique.

— Elle est à toi, cette lune, Alfred?

— Non, répondit-il avec effort. Elle appartenait à mon père. Je la lui avais donnée en cadeau d'anniversaire il y a trois ans. Il m'avait promis de ne jamais s'en séparer.

C'était son porte-bonheur.

Se tournant vers le chat :

— Où l'as-tu trouvée?

— Dans la cour du bureau de poste. En fait, ce n'est pas moi qui l'ai trouvée, mais une de mes copines qui demeure tout près. Elle m'a même raconté une histoire à son sujet.

— Quelle histoire?

Fripesauce leur apprit que sa copine Blanchepatte, quelques semaines plus tôt, était en train de renifler des traces d'urine suspectes le long du bureau de poste lorsqu'un homme à gros nez rouge était sorti en coup de vent de la bâtisse, tenant une cage qui contenait deux rats. Elle les avait aussitôt reconnus : c'était Ovide et Nana, qu'elle essayait en vain d'attraper depuis six mois. «Bien fait pour eux», s'était-elle dit, un peu consolée de ses nombreux échecs.

L'homme se dirigeait vers une

auto noire, stationnée derrière le bâtiment, lorsqu'un objet brillant était tombé de la cage, sans que l'individu s'en aperçoive, semblait-il. L'auto partie, Blanchepatte était allée l'examiner. C'était une lune de cuivre. Elle avait dû garnir un porte-clés. N'en ayant que faire, elle l'avait poussée dans une fissure de l'asphalte, puis l'avait oubliée. Ce n'est que lorsque Fripe-sauce l'avait questionnée sur les deux rats que cette histoire lui était revenue en tête. Ils s'étaient rendus à la fissure. La lune s'y trouvait toujours. Fripesauce l'avait rapportée au garage.

— Je n'en sais pas plus pour l'instant, termina le chat. J'ai demandé à Blanchepatte de garder l'œil ouvert. Si jamais j'apprends autre chose, je te fais signe.

Alfred traduisit le récit du chat à l'intention d'Antoine, qui tournait et retournait la lune entre ses doigts, sans dire un mot. Pendant ce temps, Fripesauce, d'un coup de dent, avait ouvert un paquet de gomme et mâchait une énorme chique, son œil froid et perçant posé sur le rat.

— Eh bien, merci, fit Antoine en tendant la main au chat.

Surpris, ce dernier se laissa serrer la patte (c'était la première fois qu'un humain lui faisait un pareil honneur), puis sauta en bas de la chaise et disparut.

Antoine retournait chez lui, pensif. Cette histoire lui paraissait bien étrange. Qui était l'homme à l'auto noire? Pourquoi avait-il capturé les parents d'Alfred? Où se trouvaient ces derniers? Vivaient-ils encore? Dire que les réponses à toutes ces questions dépendaient d'un truand qui mâchait de la gomme à se faire éclater les joues et se grattait le derrière devant tout le monde!

Son regard tomba sur Alfred. Ce dernier, voyant la rue déserte, était resté sur son épaule. Antoine lui trouva la mine tellement soucieuse qu'il voulut faire quelque chose, n'importe quoi, pour le réconforter :

— Si on allait jeter un coup d'œil au bureau de poste ? On découvrirait peut-être un indice ?

Ils arrivèrent bientôt devant la hideuse boîte de briques du chemin de Chambly qui avait remplacé, trente ans plus tôt, le joli bureau de poste en pierre de taille avec son horloge en façade. Antoine arpenta la cour, inspecta les murs, jeta même un coup d'œil aux édifices voisins ; Alfred trottinait à ses pieds en poussant des soupirs. Dix minutes plus tard, ils retournaient chez eux bredouilles.

5

Assis à table, Antoine contemplait depuis un long moment son potage au vermicelle chinois, la cuillère à la main et le regard absent; le fouillis des fines pâtes translucides lui rappelait le mystère qui enveloppait la disparition des parents d'Alfred. Puis ses pensées se tournèrent vers Alfred lui-même. Il avait encore passé la journée au lit, un sac de glace sur la tête, sans avoir pris une bouchée. Ses parents parlaient de consulter un vétérinaire, car il s'était remis à perdre du poids.

— Antoine? tu ne manges pas? demanda Marie-Anne. Antoine? tu deviens sourd? À quoi penses-tu ainsi?

— Je pense à Alfred, maman, soupira-t-il en plongeant sa cuillère dans le potage.

Le silence régnait autour de la table. Tout le monde pensait à Alfred. Et personne ne pouvait l'aider, hélas.

— Alfred toujours malade, déclara tout à coup Judith en plongeant la main dans son potage. Alfred besoin pilules.

Jean-Guy leva la tête en souriant tandis qu'Alain lui essuyait les doigts :

— Elle parle chaque jour de mieux en mieux, notre petite poupoune. Allons, ne fais pas cet air-là, poupinette, on va le remettre sur pattes, ton Alfred, tu vas voir.

Antoine lui jeta un regard sceptique.

Deux semaines s'étaient écoulées et l'enquête de Fripesauce tournait toujours en rond. Il avait quand même fallu lui livrer trois autres sacs de *Festin Félin* en remboursement de ses «frais de recherche», comme il disait. Blanchepatte n'avait revu ni l'homme ni l'auto noire et on la soupçonnait même de s'être complètement désintéressée de l'affaire et de passer ses journées à dormir sous une galerie.

Antoine termina son repas en silence et monta à sa chambre faire ses devoirs. Il y avait réunion secrète dans le garage à huit heures pour discuter du cas d'Alfred. C'est Robert et Michel, qu'Antoine avait mis au courant de l'affaire, qui avaient exigé cette réunion. Excédés par la lenteur du chat, ils l'avaient déclaré «incompétent, profiteur et peut-être même complice» et voulaient étudier d'autres moyens pour accélérer l'enquête.

À huit heures moins cinq, Antoine descendit l'escalier au pas de course et lança à l'intention de ses parents, occupés à ranger la cuisine, qu'il avait terminé devoirs et leçons et s'en allait «prendre l'air dehors».

— Prendre l'air dehors? s'étonna Marie-Anne. C'est la première fois que je l'entends parler ainsi... Qu'est-ce qu'il nous prépare encore, celui-là?

Jean-Guy tordit une lavette au-dessus de l'évier, l'étendit sur le bec du robinet, puis, jetant un regard par la fenêtre :

— Tiens! Voilà Michel et Robert qui longent la haie avec des airs de conspirateurs... Ils vont «prendre l'air dehors» à trois, si je comprends bien... et dans le garage.

— Va jeter un coup d'œil tout à l'heure. Depuis cette histoire du Rembrandt, je me demande toujours ce qui nous pend au bout du nez.

— Alfred n'est pas là? demanda Robert en pénétrant dans le garage.

— Couché, répondit Antoine, la tête basse.

— Migraine? demanda Michel. L'autre fit signe que oui.

On était à la mi-septembre. Il faisait presque noir, l'air fraîchissait et on sentait venir la fin des chandails à manches courtes. Michel allait fermer la porte pour protéger leurs discussions des oreilles indiscrètes lorsque Motte de Beurre apparut; il s'avança lentement dans le garage, s'arrêta devant l'établi et se tourna vers Antoine. Comprenant que le chat ne se sentait pas la force de bondir si haut, il prit la bête dans ses bras et la déposa sur l'établi. Puis il alla s'asseoir dans une brouette renversée tandis que Michel et Robert s'installaient gravement sur une pile de planches.

— Et alors, demanda Michel, où

en sont les choses?

— Ça ne va pas très bien, répondit Antoine. Notre foutu Fripe-sauce ne trouve rien et Alfred dépérit. Bientôt, il ne sera pas plus gros qu'un cure-dent.

— Et il mourra, soupira Robert, accablé.

— Je suis allé au bureau de poste cette après-midi pour tenter de faire parler les commis, annonça Michel.

— Tu as fait ça? s'exclamèrent ses compagnons, ébahis.

— Ouais... Et on a ri de moi. Un gros chauve à bretelles rouges m'a demandé si ce n'était pas des petites souris que je cherchais. Des petites souris à tresses blondes avec des culottes en dentelle. Je lui ai tourné le dos et j'ai sacré le camp.

— C'est ce que j'aurais fait, approuva Robert.

— Sauf qu'on n'est pas plus avancés, grogna Antoine.

Il sortit de sa poche la lune de cuivre :

— Voilà, en trois semaines, tout ce qu'on a pu apprendre sur les parents d'Alfred. C'est-à-dire rien du tout.

Il se mit à tripoter la lune, songeur. Michel l'observa un moment, puis tendit la main et prit l'objet. L'intérieur du garage s'assombrissait peu à peu.

— Est-ce qu'il y a une lampe de poche ici? demanda Michel.

— Tiens, fit Antoine, après avoir allongé le bras sous l'établi.

Son compagnon alluma l'appareil, examina la lune un moment, puis la passa à Robert, qui s'étonna encore une fois de la longueur de son nez. Couché sur un tas de guenilles, Motte de Beurre semblait dormir, mais le frémissement de ses oreilles montrait qu'il ne perdait pas un mot de la conversation.

— Tiens, c'est drôle, remarqua

soudain Robert, qui s'était saisi de la lampe de poche, on dirait qu'il y a des petites marques ici, près de la pointe cassée. Des marques toutes fines, à peine visibles.

— Montre, fit Antoine. Ouais, c'est vrai... On dirait du morse... Bah! des égratignures, sans doute.

Michel reprit la lune :

— Et si c'était une sorte de code?

— Un code? s'esclaffa Antoine. Un code pour qui? Et qui l'aurait gravé? Les parents d'Alfred?

— Ce serait un peu fort, tout de même, observa Robert. De simples rats qui se lanceraient dans le langage codé!

— De simples rats? Les parents d'Alfred ne sont pas de simples rats!

Motte de Beurre avait levé la tête. Il se dressa sur ses pattes, puis sauta lourdement en bas de l'établi et demanda la porte.

— Notre réunion l'ennuie, soupira Antoine en le faisant sortir. C'est vrai qu'elle est plate, aussi. On tourne en rond, on dit des niaiseries.

Et ils entreprirent une longue discussion sur l'origine possible des marques.

Soudain, un miaulement retentit à l'extérieur. Antoine se rendit de nouveau à la porte et le chat fit lentement son entrée, Alfred étendu sur son dos.

— Qu'est-ce que vous voulez me montrer? demanda le rat d'une voix épuisée. J'espère que c'est important. Je venais tout juste de m'endormir.

Les trois garçons se regardèrent en silence.

— Motte de Beurre veut qu'on montre la lune à Alfred? murmura Antoine, ébahi. Eh ben... il m'étonnera toujours, lui!

Il s'accroupit devant le rat, la

lune de cuivre dans la paume de sa main, et, braquant la lampe de poche dessus :

— Écoute, Alfred, on est probablement dans les patates, et je ne voudrais pas que tu te fâches contre nous, mais... mais serait-il possible que ces petites marques, là, près de la pointe, oui, là, justement, toutes fines, toutes menues... se pourrait-il qu'elles signifient quelque chose?

S'avançant sur le dos de Motte de Beurre, Alfred se pencha au-dessus de la lune.

— Je vois mal, approchez-la... Dis donc, chose, la lampe de poche, ce n'est pas pour éclairer tes fesses, braque-la donc ici, veux-tu...

Les yeux écarquillés, retenant son souffle, il examinait la pointe :

— Mon Dieu! s'exclama-t-il d'une voix étouffée, c'est un message! Un message de mes parents!

Comment se fait-il que je ne l'aie pas vu, coq-l'œil que je suis?

— Qu'est-ce que ça dit? s'exclamèrent les garçons.

— Difficile à déchiffrer... «Il Goy». On dirait que les mots sont incomplets... Le métal était trop dur pour leurs dents... Habituellement, on inscrit nos messages sur du bois ou du plastique, des matériaux comme ça.

Antoine trépignait d'excitation :

— Je comprends tout... Ils l'ont écrit dans la cage, pendant que l'homme se dirigeait vers l'auto... et ils ont dû jeter la lune par-dessus bord avant d'avoir pu terminer!

— Voilà! voilà! approuva Michel. Tu as raison! C'est le bon sens même!

— Et ils ont jeté la lune dans la cour, lança Robert, en espérant que quelqu'un la trouve et déchiffre le message!

Michel leva la main :

— «Quelqu'un», c'est-à-dire...

— C'est-à-dire Alfred, bien sûr! coupa Antoine.

Motte de Beurre, immobile sur ses pattes raidies, tournait sa tête d'un côté puis de l'autre, suivant les répliques comme s'il s'était agi du vol d'un moineau.

Le silence se fit. La lune de cuivre se promenait d'une main à l'autre en lançant des lueurs, comme si elle avait voulu parler à sa façon, elle aussi.

— Sauf que «Il Goy», émit Alfred de sa voix émoussée, c'est pour moi du pur chinois. J'ai beau le tourner en tous sens, on dirait de la bouillie.

— Je vais consulter le dictionnaire, décida Antoine. Il s'agit peut-être d'un mot qu'on ne connaît pas. Il y a beaucoup de mots qu'on ne connaît pas.

— Moi, je les connais presque tous, déclara Michel en reniflant d'un air supérieur, mais celui-ci ne me dit rien.

La porte du garage s'ouvrit tout à coup et Jean-Guy apparut :

— Puis-je savoir la raison de tous ces cris? Préparez-vous un coup d'État ou quelque chose du genre?

— On discutait d'Alfred, papa, répondit froidement Antoine. Et c'est une discussion... euh... privée, si tu comprends ce que je veux dire.

Jean-Guy inspecta longuement les lieux du regard :

— Bon, bon. Excusez mon indiscrétion, alors. Mais me permettez-vous de vous rappeler qu'il est huit heures et demie et que l'heure de ton bain approche, Antoine?

La porte se referma doucement.

— Dites ce que vous voulez, soupira Antoine, mais c'est parfois très embêtant d'avoir des parents.

Michel posa la main sur son épaule :

— Que veux-tu, mon vieux? C'est la vie.

— Allez, ne te plains pas trop, fit Robert. Mon père est encore bien plus écornifleur que le tien. L'autre jour, il a mis la patte sur les tablettes de chocolat que j'avais cachées sous mes caleçons dans un tiroir.

Alfred s'éclaircit longuement la gorge, puis :

— Je m'excuse, les gars, mais vos états d'âme ne m'intéressent pas beaucoup. Il faudrait plutôt essayer de découvrir ce que signifie...

— Mais avant tout, l'interrompit Robert, il faut remercier Motte de Beurre d'être allé te chercher! S'il ne l'avait pas fait, où en serions-nous?

Et il se mit à lui gratter doucement la tête.

Motte de Beurre ferma les yeux de contentement et se mit à ronronner tellement fort que tout le monde éclata de rire.

6

Antoine sauta dans le bain, barbota cinq secondes, s'essuya en deux tours de main, enfila son pyjama et se précipita dans la chambre de son frère qui suait sur un devoir de mathématiques.

— Qu'est-ce que tu veux, moron? Regarde-le donc! Il dégoutte sur le plancher! Viens-tu de rencontrer un pompier?

— J'ai besoin de ton dictionnaire, Alain.

— Pourquoi?

— Pour vérifier le sens d'un mot.

— Quel mot?

— Goy.

— Ce n'est pas un mot, moron.

— Peux-tu me prêter quand même ton dictionnaire?

— Humm... faudrait que j'y pense.

— S'il te plaît, Alain.

— Bon, ça va. Je te le prête pour trois minutes. Pas une de plus.

— Merci, poil-aux-fesses, fit Antoine en s'enfuyant avec le volume.

Et il s'enferma dans sa chambre.

Alfred l'attendait, couché sur son bureau.

— *Il goy, il goy*, murmurait Antoine en tournant les pages du *Robert* à toute vitesse.

Pour le premier mot, ça allait : *il*, pronom personnel de la troisième personne du singulier, qui indique la personne dont on parle : *il* mange de la pizza, *il* refuse d'en donner à son frère Alain, *il* finit par lui en donner quand l'autre se traîne à genoux devant lui.

Mais *goy*?

Le voici rendu à la lettre *g*. Galon, glace, glucose, gouzi-gouzi, goy, enfin. Qu'est-ce qu'un goy?

«Nom masculin (XVIe siècle; hébreux *goï* «chrétien») Nom donné par les Israélites aux personnes étrangères à leur culte, et spécialement aux chrétiens. Pluriel : *goyim.*»

Antoine et Alfred se regardèrent, éberlués.

— Comprends pas, dit le rat.

— Moi non plus, fit Antoine. Raisonnons un peu. Si «il» est un pronom, le mot qui suit devrait être un verbe : *il* marche, *il* rit, *il* étend de la mousse à barbe dans le lit de son frère. Donc, il faut trouver un verbe commençant par g-o-y. Comprends-tu?

— Je ne suis pas idiot.

— Voyons voir, murmura Antoine en se replongeant dans le

dictionnaire. Goy, goyave, goya-
vier. C'est tout. Il n'existe pas de
verbe commençant par g-o-y,
Alfred. Es-tu sûr d'avoir bien lu?

— Je te répète que je ne suis
pas idiot, moulin à crottes!

— Alors, quelqu'un d'autre l'est,
car «il goy», ça ne tient pas debout, c'est de la foutaise, du pipi
de moineau.

— C'est pourtant ce qu'il y a
d'écrit sur la lune cassée.

Antoine, découragé, referma le
dictionnaire :

— Qu'allons-nous faire?

— Penser.

Alfred s'assit sur une gomme à
effacer et mit la patte sous son
menton. On aurait dit que de
petites bajoues avaient poussé de
chaque côté de sa face.

Antoine l'observa un moment,
puis, levant son regard vers la
fenêtre, regarda dehors en se fouil-
lant dans le nez. Un grognement

désapprobateur lui fit tourner la tête. Le rat se grattait le bout du museau.

— Et si les mots étaient incomplets? murmura-t-il soudain.

— Quels mots?

— Les mots inscrits sur la lune, moulin à crottes!

— Et pourquoi n'aurait-on pas pris la peine de les écrire tout au long?

Le rat fronça les sourcils; deux ou trois autres questions du genre et il piquerait une colère:

— Mais je ne sais pas, moi! Pour mille millions de raisons. Tiens! parce que le temps manquait.

— Et alors, reprit lentement Antoine, le front plissé sous l'effort de la réflexion, quels seraient-ils, ces mots? On aurait écrit *il* pour...

— Île!

— Et *goy* pour...

Alfred se grattait le museau de plus en plus fort:

— Pour je ne sais pas quoi, soupira-t-il au bout d'un moment, découragé.

Ils se regardèrent en silence. Le rat s'était recroquevillé sur lui-même et fixait des rognures de crayon. Antoine le trouva vieilli tout à coup. L'idée lui traversa l'esprit qu'il allait bientôt mourir. Le chagrin le dévorait comme la pourriture dévore une planche et la réduit peu à peu en miettes. Et Antoine ne pouvait rien pour lui. Ses veines se remplirent d'une eau glacée. Un frisson le saisit. Il sentait un poids désagréable sur ses épaules et dans son dos, comme s'il portait un sac d'école rempli de briques...

— Que dirais-tu d'aller regarder la télévision? proposa-t-il d'une voix éteinte.

— Pourquoi pas? murmura Alfred, le regard ailleurs.

Ils descendirent à la salle de

jeux. Alain avait terminé ou aban-
donné son devoir de mathématiques. Affalé sur le canapé, il
regardait un film policier. Il tourna
la tête vers son jeune frère et fut
sur le point de lui dire que les
gamins de son âge devaient faire
dodo à cette heure-là. Mais l'expression d'Antoine comme celle
d'Alfred gelèrent les mots dans le
fond de sa gorge.

— Qu'est-ce qui se passe? Ça
ne va pas?

— Pas tellement.

Il voulut le questionner, mais
Antoine l'arrêta d'un geste :

— J'ai pas le goût de parler.

Au petit écran, on voyait un
homme de dos qui avançait lentement, revolver au poing, dans
un corridor mal éclairé, percé de
nombreuses portes, toutes entrou-
vertes. L'individu portait un feutre
cabossé, incliné sur le côté; une
large entaille saignait près de son

oreille. Il s'arrêta au bord de la première porte et avança lentement la tête, l'œil aux aguets. Un agresseur s'était embusqué quelque part à l'étage. Mais où? Après avoir écouté un moment, l'homme poussa doucement la porte et scruta l'intérieur de la pièce; la sueur coulait sur son visage. Il allait poursuivre son inspection lorsque...

— GOYER! hurla tout à coup Antoine.

— Qu'est-ce... qu'est-ce qui te prend? bredouilla Alain, livide, debout sur le canapé. Es-tu devenu fou?

— Alfred! J'ai trouvé! Île Goyer! On les a amenés à l'île Goyer!

La tête du rat surgit de sous un fauteuil, où il était allé se réfugier:

— Et qu'est-ce que cette île Goyer, je te prie?

— C'est à Carignan, juste en face de Chambly, sur la rivière

Richelieu. Tu te rappelles, Alain?
Quand on était petits, mon oncle
Roméo nous amenait à la marina,
là-bas, faire des tours de yacht.

— Mais je m'en fous, de ton île
Goyer! lança Alain, furieux. Sacre-
moi le camp d'ici et laisse-moi
regarder mon film en paix, espèce
de sauvage! Allez! allez! fais de
l'air!

Il bondit sur ses pieds et le
poussa vers la sortie. Antoine
grimpa l'escalier quatre à quatre,
suivi par Alfred. En arrivant dans
la cuisine, ce dernier buta contre
Motte de Beurre, attiré par le bruit.

— *Mrnou-rnou?* demanda le
chat.

Antoine, plus excité que jamais,
lui annonça sa découverte.

— *Mia-rmou?*

— Il te demande si tu es sûr,
traduisit le rat.

— Bien sûr que je suis sûr!
Maintenant, il faut que j'aille en

parler à mes parents.

— Il serait l'heure d'aller te coucher, Antoine, observa Marie-Anne en le voyant pénétrer dans le salon.

Il dressa la main, l'air solennel :

— Pas tout de suite, maman. J'ai quelque chose de très important à vous annoncer. Vous m'avez fait promettre, n'est-ce pas, depuis l'affaire du Rembrandt*, de vous avertir sans faute s'il m'arrivait quelque chose d'important?

Marie-Anne posa son livre sur ses genoux :

— Et alors?

— Eh bien, justement, ça vient de m'arriver. Et j'ai besoin de votre aide.

— Ah bon, soupira Jean-Guy en repliant son journal. Et de quoi s'agit-il, Antoine? Bon, fit-il après l'avoir écouté attentivement. Ton explication ne manque pas d'allure.

---

* Voir *Alfred sauve Antoine*.

Mais nous n'irons pas à l'île Goyer ce soir. C'est à vingt kilomètres d'ici. Cela nous mènerait trop tard.

— Et il est beaucoup plus facile de faire des recherches le jour, appuya Marie-Anne.

Antoine, tout rouge, donna un coup de talon sur le tapis :

— Mais y avez-vous pensé ? Ils sont peut-être en danger de mort !

Alfred pointa vers eux une patte accusatrice :

— S'ils meurent, je vous tiendrai pour responsables ! Ma vengeance sera terrible !

Marie-Anne sourit :

— Calme-toi, Alfred, tu déparles.

— Ah bon ! je déparle ? On me dit que je déparle ? Eh bien, si c'est ainsi...

Il pivota sur lui-même pour quitter la pièce et buta encore une fois contre le ventre de Motte de Beurre, qui suivait la discussion, assis sur le seuil de la porte.

— *Mrniouf!* fit le chat, ce qui voulait dire : «Oui, tu déparles.»

Tout le monde éclata de rire.

— Bande de noyaux de prunes, grommela Alfred en s'éclipsant.

Jean-Guy se leva et s'avança vers son fils :

— Demain, à cinq heures, si tu as terminé tes devoirs et bien appris tes leçons, je vous amènerai tous les deux à l'île Goyer. Pour gagner du temps, nous souperons dans l'auto.

La mauvaise humeur d'Antoine fila par ses oreilles et se retrouva dans la tête d'une petite fille en Bulgarie.

— Est-ce qu'on pourra manger de la poutine? demanda-t-il avec un large sourire.

7

L'auto avança doucement le long de la rue des Deux-Rivières, puis tourna dans la rue des Roses; à leur gauche, des maisons cossues se dressaient au bord du bassin de Chambly. Puis elle parcourut successivement la rue des Jacinthes, celles des Lilas, des Marguerites, des Œillets, des Pétunias et des Tulipes.

— Le maire de la place doit se faire pousser des fleurs dans les oreilles, observa Alfred tout en mâchant un morceau de fromage.

— Garde ton esprit pour toi, rétorqua Antoine, de plus en plus déçu de sa visite. Quand on cherche ses parents, il faut rester sérieux.

Le rat leva vers lui un museau frémissant :

— Mon vieux, si je fais des farces, c'est pour ne pas pleurer. Mes parents ne se trouvent pas ici. Ou, s'ils y sont, on ne pourra jamais les repérer ; il faudrait fouiller chacune des maisons : c'est impossible. Tu espérais peut-être découvrir un de ces laboratoires où des savants s'amusent à torturer des rats en leur plantant des tubes de la gueule au cul. Eh ben, avale tes mitaines : y en a pas ! On nage en pleine soupe, quoi !

— Je crains qu'Alfred n'ait raison, murmura Jean-Guy, l'air assombri.

Ils roulèrent encore un moment. Les rues, ombragées de grands arbres qui se balançaient paresseusement, étaient si calmes et silencieuses qu'on aurait dit que tous les résidants passaient la journée au lit. On ne voyait ni chats ni chiens, pas même une mouche.

Ils retournèrent dans la rue des Deux-Rivières et se dirigèrent vers le petit pont qui les avait amenés sur l'île. Jean-Guy s'apprêtait à l'enfiler lorsqu'il aperçut un dépanneur à sa gauche.

— Attendez-moi, fit-il en freinant, je vais aller aux renseignements. J'en ai pour une minute.

Il revint presque aussitôt, les joues toutes rouges :

— Rien à faire. Quand j'ai demandé à la dame si elle connaissait par hasard quelqu'un sur l'île qui s'adonnait à l'élevage des rats, elle a éclaté de rire et m'a demandé si je vendais du fromage.

— Trrrrrrrès drôle! fulmina Alfred. Donne-moi dix minutes, et je vais m'occuper de sa marchandise, moi. La moitié de son magasin va aller à la poubelle.

Antoine le prit entre ses mains :

— Ça va, ça va, du calme! Ça te donnerait quoi, de tout saccager?

— Du plaisir, grosse tête!

Jean-Guy se hâta de démarrer. Quelques minutes plus tard, ils suivaient de nouveau les courbes de la rivière Richelieu, filant vers Longueuil. À gauche se dressaient de petites maisons, pressées amoureusement contre la rivière. À droite s'étendaient des champs immenses et un peu tristes, qui semblaient dire à leur façon que les parents d'Alfred s'étaient évaporés dans le néant à tout jamais.

L'automne venait de commencer. Il pleuvait sans arrêt depuis quatre jours. Une pluie grise et froide tombait sur la ville dans une immense rumeur qui emplissait les rues et montait vers le ciel; elle roulait dans les caniveaux, submergeait la terre, noyait les arbres, qui ployaient, accablés par tant d'eau; l'eau bruissait jour et nuit, formait des rigoles et gonflait les ruisseaux qui se dégorgeaient dans les rivières, devenues amples et sombres, vaguement menaçantes. Les chats errants, terrés sous les galeries et les hangars, soulevaient leurs pattes humides avec des mines dégoûtées. Le niveau du fleuve Saint-Laurent avait monté d'un mètre en vingt-quatre heures. Des experts prédisaient que si la pluie n'arrêtait pas, on risquait de graves inondations.

Antoine allait et revenait entre la maison et l'école revêtu d'un imperméable orange à capuchon qui lui donnait l'allure d'un mousse en pleine tempête. Dès qu'il mettait le pied chez lui, une question montait à ses lèvres, toujours la même :

— Comment va Alfred?

— Toujours couché, répondait-on. Pas de changement.

Trois jours après le voyage infructueux à l'île Goyer, Alfred avait repris le lit, pour ne plus le quitter. Il parlait à peine, mangeait encore moins, dormait tout le temps et s'affaiblissait, s'affaiblissait à un point tel qu'on s'attendait au pire. On avait beau le supplier, le sermonner, l'engueuler et même le menacer, personne ne réussissait à le tirer de son accablement.

— Trop fatigué, murmurait-il dans un filet de voix éteinte. Laissez-moi dormir.

Au bout d'une semaine, monsieur Brisson avait consulté un vétérinaire, en prétextant, bien sûr, qu'il s'agissait de son chien, puis était arrivé un soir à la maison, l'air sombre, porteur d'une bien mauvaise nouvelle :

— Prostration, avait-il annoncé.

— Qu'est-ce que c'est? avait demandé Antoine.

— Abattement extrême. Une dépression, quoi.

— Grande découverte! avait ricané Alain.

Judith, assise dans sa chaise haute, suivait la conversation, l'œil triste, devinant que les choses allaient très mal.

— Ce que tu ne sais pas et que j'ai appris, poursuivit Jean-Guy, c'est qu'un animal atteint de prostration peut se laisser mourir, tout simplement, et qu'on ne peut pas grand-chose pour lui.

— Il faut l'amener voir un psychiatre, proposa Antoine.

— Un psychiatre spécialisé dans les rats, ricana de nouveau Alain. J'en connais au moins cent!

Il poussa un soupir, puis, à la surprise de tout le monde, tourna la tête et, portant les mains à son visage, se mit à pleurer.

— Bon bon bon bon! se fâcha Antoine, les yeux pleins d'eau. Des larmes, maintenant! On a déjà assez de la pluie! Cette scène est ridicule!

Alain pivota vers lui, furieux :

— Est-ce que le génie de Longueuil a une solution à proposer?

— Le... le génie de Longueuil... t'envoie péter dans les fleurs, poil-aux-fesses!

— Antoine! s'exclama Marie-Anne.

Antoine tourna les talons, fila dans l'escalier et claqua la porte de sa chambre.

— Il est devenu aussi mal engueulé qu'Alfred, soupira Jean-Guy, le regard tourné vers une fenêtre où le ruissellement de la pluie donnait des formes étranges aux maisons de l'autre côté de la rue.

Le crépitement sourd de la pluie mangeait le silence; l'air humide et lourd imprégnait les vêtements et faisait courir des frissons sur la peau.

Antoine, debout devant son lit, serra ses bras contre son corps et soupira. Quand donc ce déluge cesserait-il? Quand donc Alfred déciderait-il de se lever et de vivre comme tout le monde? Après tout, bien des gens vivent sans parents. On finit toujours par les perdre, de toute façon.

Il leva la tête et tendit l'oreille. Il avait cru entendre un trottinement dans le petit escalier en colimaçon. Mais non. Il s'était trompé. Personne ne descendait l'escalier. Peut-être était-il devenu inutile?

Un léger grattement à la porte le fit sursauter. Il alla ouvrir. Motte de Beurre se glissa entre ses jambes, puis, s'arrêtant au milieu de la chambre, leva la tête vers lui :

— *Mrrrr-na-ouou.*

— Cesse de me parler ainsi, je ne comprends pas ce que tu dis. Je te l'ai répété mille fois.

Le chat eut comme un hausse-ment d'épaules, puis s'avança vers l'escalier en colimaçon et leva de nouveau la tête :

— *Mrrrr-na-ouou.*

— Tu veux parler à Alfred?

Il fit signe que oui.

— Impossible. Il ne veut plus se lever. Il ne veut même plus parler!

Motte de Beurre commença alors à se frotter en ronronnant contre les mollets d'Antoine, puis se roula par terre dans une danse de séduction qui aurait amolli le cœur d'un bourreau nazi.

— Bon, ça va, je vais l'appeler. Si tu n'étais pas si gros, tu aurais pu aller le trouver toi-même.

Antoine s'avança au-dessous de l'ouverture de l'escalier et, mettant ses mains en porte-voix :

— Alfred, Motte de Beurre veut te parler. C'est très important.

Pas de réponse.

— Alfred, je te répète que Motte de Beurre veut te parler et que c'est extrêmement important.

Le silence, toujours.

— Alfred, je t'annonce pour la troisième fois que Motte de Beurre veut absolument te parler et que, si tu ne viens pas, le sort de tes parents pourrait en souffrir.

«Pourvu qu'il s'agisse de ses parents», se dit-il en fronçant les sourcils.

Motte de Beurre hocha la tête avec une sorte de sourire.

— Pas tant de bruit, j'arrive, répondit enfin un filet de voix éraillé.

Un moment passa, puis une petite tête grise apparut et Alfred descendit lentement les marches en poussant des soupirs. Il avait tellement maigri que la peau de son ventre ballottait. Antoine, pensif, le contemplait avec l'impression d'avoir un long glaçon dans le dos.

Le rat posa une patte sur le plancher, puis une autre, promena son regard dans la chambre, puis se tournant vers le chat, qui s'était assis et attendait respectueusement :

— Sais-tu, mon vieux, que je commence à te trouver vraiment un peu très gros. Qu'est-ce que tu me veux?

— *Mmrrniow-miouwow.*

— Pourquoi retourner au bureau de poste? Il n'y a rien à faire là-bas. Tu penses que mes parents y seraient revenus?

Motte de Beurre se lança alors dans un long discours où il tenta de prouver que l'inconnu qui avait emporté les parents d'Alfred dans une cage n'avait pu le faire sans la complicité d'un employé de la poste. Alfred pouvait facilement pénétrer dans l'édifice, se faufiler dans un mur et espionner les conversations.

— Ça ne sert à rien, murmura

Alfred en fixant le plancher d'un œil découragé. Mes parents sont morts, et depuis longtemps.

— *Mrnaw-youyo-niaw.*

Le rat releva brusquement la tête :

— Tu dis que j'ai de l'eau de vaisselle dans les veines?

Dans ses yeux tristes et mornes, un éclair avait brillé.

— Eh bien, toi, tu as de la pisse de chat dans tout le chat. Tu es un urinoir ambulant. Tu pues telle-ment qu'on te refuserait au dé-potoir.

L'affaire s'annonçait bien.

— Eh bien, moi aussi, appuya Antoine, je trouve que tu manques de courage. Tu es devenu une vraie lavette. Et même, tu fais pitié.

— *Moi*, je fais pitié? éclata Alfred.

Il était si furieux que son pelage gris commençait vaguement à rosir!

— Eh bien! *moi*, poursuivit le rat, je vais vous prouver, moulin à crottes, que vous raisonnez comme des mouches constipées et qu'il y a plus de courage dans la pointe du bout de ma queue que dans toute la ville de Longueuil multipliée par quatre-vingt-deux!

«Il est tiré d'affaire, pensa Antoine avec joie. Pourvu maintenant que l'on trouve quelque chose!»

— Amenez-moi au bureau de poste, ordonna Alfred. Mais auparavant, se reprit-il aussitôt, il faut que je prenne une bouchée. Je me sens si faible que les pattes me tremblotent.

8

On dut attendre trois jours avant d'amener Alfred à la poste, tant il était mal en point. Il se mit à un régime de spiruline, de tofu, de vitamines, de jus d'orange, de yogourt et de noix qui lui coûta une jolie somme, malgré l'escompte que monsieur Brisson pouvait lui accorder sur certains produits.

Dès le deuxième jour, Antoine remarqua avec étonnement que sa peau s'était remplie et avait cessé de ballotter. Le feu de son regard était revenu. Et aussi celui de son caractère! En lui parlant, il fallait choisir ses mots avec précaution. Toute allusion à sa déprime était châtiée par des répliques virulentes. Une fois, Alfred faillit même répondre par un coup de dent. Monsieur Brisson l'engueula si fort que le rat présenta des excuses.

✳

Le 29 octobre au matin, le Québec se réveilla, tout surpris : la pluie avait cessé au cours de la nuit. On annonça à la radio que le niveau du fleuve s'était stabilisé. Le ciel se vida de ses nuages et prit un beau bleu de faïence. Mais cela dura peu. Quelques heures plus tard, d'autres nuages commencèrent à l'envahir. Ils ressemblaient à d'énormes choux-fleurs, mais des choux-fleurs d'un gris-mauve inquiétant qui leur donnait un air empoisonné. Les nuages s'entassèrent les uns sur les autres,

lentement et sans arrêt. S'ils conti-
nuaient ainsi, leur ventre finirait
par crever, et alors...

Alfred, prétextant que «l'escalier
en colimaçon l'essoufflait depuis
quelque temps», avait décidé de
passer la nuit dans le lit d'Antoine.
Mais tout le monde avait deviné
que c'était par besoin de réconfort. Grimpant sur l'oreiller, il s'était
doucement pressé contre la joue
de son ami et tous les deux s'étaient
paisiblement endormis, heureux
comme des souris dans une meule
de fromage.

Antoine se réveilla le premier
et, levant la tête :

— Prêt pour ta mission, Alfred?

Le rat s'étira, fit une grimace, ouvrit l'œil, aperçut Antoine et sourit :

— Passé une bonne nuit, jeune
débile?

— Très bonne. Et toi?

— La meilleure de ma vie. Oui,
je suis prêt. Et j'ai hâte de

démasquer l'écœurant qui a kidnappé mes parents. Il va avaler ses caleçons!

— On ne t'en demande pas tant. Allons, vite, descendons. Mon père est sur le point de partir.

En sautant du lit, Antoine réveilla Motte de Beurre, qui s'était roulé en boule à ses pieds.

Alfred s'avança vers l'animal :

— On s'en va essayer ton idée, gros gras. Si elle ne marche pas, je t'enlève un bout de queue!

— *Mrrrniouff!* répondit le chat.

— Qu'est-ce qu'il a dit? demanda Antoine.

Alfred, offusqué, refusa de traduire.

Fidèle à sa promesse, Antoine avait mis ses parents au courant de leur projet. Voici ce qu'on avait décidé : dès neuf heures, monsieur

Brisson se rendrait en automobile au bureau de poste en prétextant des achats de timbres. Alfred se glisserait dans le bâtiment par une petite fissure du sous-sol qu'il avait longtemps utilisée. À quatre heures et demie, monsieur Brisson se présenterait de nouveau à la poste pour acheter d'autres timbres ; il prendrait soin, en quittant l'auto, de laisser la portière entrouverte pour qu'Alfred puisse monter dedans et faire rapport de sa mission. Si elle n'avait rien donné, il souperait en vitesse et se faufilerait de nouveau dans l'édifice. Le manège continuerait ainsi tant qu'on n'aurait pas obtenu les renseignements voulus.

À neuf heures, l'auto s'arrêta près de la poste. Alfred sauta en bas, fila le long du mur, lança un clin d'œil à monsieur Brisson, puis disparut dans la fissure.

«Comment fait-il pour se glisser

dans une fente aussi mince?» s'é-
tonna Jean-Guy.

Il acheta ses timbres et s'en alla
à la pharmacie.

— Vous avez l'air préoccupé ce
matin, remarqua Julie, son assis-
tante. Quelque chose ne va pas?

— Tout va, tout va, l'assura-t-il
avec un grand sourire et, en disant
ces mots, il échappa un gros
flacon de sirop contre la toux sur
le plancher. Le flacon vola en
mille miettes et remplit la pharmacie d'un arôme de fraise arti-
ficielle plutôt écœurant. Trois
fourmis, attirées par le sucre,
surgirent de sous une plinthe et se
dirigèrent vers le festin.

«Pourvu qu'il ne lui arrive pas
la même chose qu'à l'hôtel de
ville*, pensa le pharmacien en
épongeant le plancher. On ne
pourrait pas le sauver deux fois.
Les chats ont peut-être sept vies,

---

* Voir *Antoine et Alfred.*

mais pas les rats. »

Antoine, assis derrière son pupitre à l'école, brassait le même genre d'idées. Tandis que le professeur expliquait encore une fois la règle de l'accord du participe passé, il promenait son crayon sur la couverture de son cahier et une tache noire grossissait, aussi menaçante que les nuages qui s'accumulaient dans le ciel depuis la veille, et dans la tache se trouvait la peur de perdre Alfred. En arrivant à l'école, il avait pris à part Michel et Robert et leur avait annoncé la mission du rat au bureau de poste.

— Mais c'est très dangereux! s'étaient-ils écriés avec horreur. S'il lui arrivait quelque chose, jamais on ne pourrait lui porter secours!

— Dis donc, Michel, demanda tout à coup mademoiselle Gauthier en arrêtant d'écrire au tableau,

est-ce que tes parents ne te don-
nent plus à déjeuner que tu sois
obligé de dévorer ton efface?

La classe éclata de rire, mais Antoine et Robert, offusqués, firent
un signe de réconfort à l'intention
de leur ami.

Aussi, dès l'école finie, se pré-
sentèrent-ils tous les trois à la
pharmacie pour accompagner
monsieur Brisson au bureau de
poste.

Le pharmacien se stationna près
de l'édifice en prenant soin de
laisser la portière entrebâillée. Les
trois garçons fixaient la fissure du
sous-sol par où le rat s'était glissé,
mais les nuages violacés qui con-
tinuaient de s'entasser dans le ciel,
de plus en plus lourds, de plus en
plus menaçants, buvaient toute la
lumière et on voyait à peine.

— Et alors? fit Jean-Guy en reve-
nant s'installer derrière le volant.
Est-ce qu'il est de retour?

— Non, répondirent les garçons d'une voix lugubre.

— Humm... on va l'attendre quelques minutes. Je n'aime pas trop cela. Ça risque d'attirer l'attention.

— Pourvu qu'il ne lui soit rien arrivé, murmura Robert, et il avala sa salive avec peine.

— Allons donc! lança Michel, essayant de se réconforter. Comme si Alfred pouvait se faire avoir par un niaiseux de commis! Il pourrait les mettre tous dans un sac et les jeter à la rivière!

— Tu crois, Michel? fit le pharmacien. Il y a des commis niaiseux mais aussi des malins. J'en ai connu un, moi, quand j'étais petit garçon, qui était si ferré en histoire qu'on lui demandait de donner des conférences.

— Qu'est-ce qu'il faisait dans un bureau de poste, alors?

— Il y a un homme qui nous

observe par la fenêtre, remarqua Antoine à voix basse.

Son père jeta un coup d'œil à la dérobée :

— J'ai plutôt l'impression qu'il baye aux corneilles.

— Corneilles ou moineaux, sacrons le camp d'ici! lança Alfred en apparaissant. Allons, vite! Attendez-vous d'avoir la police aux fesses?

Jean-Guy démarra si brusquement que les garçons tombèrent à la renverse sur la banquette arrière et qu'Alfred, roulant sous un siège, glissa la tête la première dans un verre de carton qui traînait sur le tapis.

— Au secours! qu'est-ce qui m'arrive? cria une voix caverneuse avec une furie comique.

Il s'extirpa du verre en lançant des jurons et alla rejoindre les garçons, qui s'emparèrent de lui tous à la fois.

— Alfred! on est contents de te revoir!

— On se faisait du souci pour toi!

— Comment ça s'est passé? As-tu appris des choses? As-tu couru des dangers?

— Bon, ça va, ça va, cessez de me tripoter, je ne suis pas en mastic. Cessez, je vous dis, vous me coupez le souffle!

— Et alors? fit Jean-Guy en arrêtant l'auto devant la maison. Raconte-nous, Alfred. On se meurt de curiosité.

— Pas ici. J'ai la gorge comme du carton. Impossible de parler. Il me faut du jus de pomme.

— Fed! s'écria Judith en se précipitant dans le vestibule. Fed revenu! Fed pas mort!

Elle le serra fougueusement dans ses bras pendant qu'Antoine courait vers la cuisine et revenait avec un verre dont une partie du contenu désaltéra le tapis :

— C'est du jus d'orange, Alfred, y a plus de jus de pomme.

Attirée par le bruit, Marie-Anne apparut dans l'escalier, tenant Motte de Beurre dans ses bras :

— Et alors? comment ça s'est passé, Alfred? Je suis contente de te revoir! Je n'arrêtais pas de penser à toi!

— *Miaorrrr!* ajouta Motte de Beurre en enveloppant le rat d'un regard affectueux.

— J'ai... une grande nouvelle à vous annoncer, fit Alfred entre deux gorgées.

Debout sur le tapis, il tenait le verre entre ses pattes, l'inclinant avec précaution pour faire monter le liquide jusqu'à sa gueule; il but encore longuement. On avait formé un cercle autour de lui; tout le monde attendait, immobile.

— Un peu acide, ce jus... Je préfère les pommes... Enfin, merci quand même.

Il s'essuya les moustaches et fit signe à Antoine de le prendre dans sa main, utilisant celle-ci comme plate-forme :

— Eh bien, mes amis... je sais où se trouvent mes parents!

— Ah oui? lancèrent six voix fébriles.

Motte de Beurre, assis au milieu du cercle, le fixait avec des yeux immenses et brillants et fouettait l'air à grands coups de queue.

— Motte de Beurre a eu une sacrée bonne idée de m'envoyer fouiner au bureau de poste. Il a du génie, ce gros gras!

Indifférent en apparence à ce sobriquet plutôt impoli, l'animal se jeta sur le sol et se roula de côté et d'autre en poussant des miaulements de plaisir. Un silence étonné régnait dans la pièce.

— Allons, ne perds pas la tête, flaque de graisse, lança Alfred avec une pointe de dégoût. Même avec tes bonnes idées, tu ne restes qu'un chat.

— Et alors? Où se trouvent-ils, tes parents? coupa Antoine, impatient.

— À l'île Goyer, comme on s'en doutait... mais je ne sais pas où.

— Ah bon, murmurèrent six voix déçues.

— Mais je sais comment le savoir, corrigea-t-il aussitôt en dressant prétentieusement le museau.

Et il leur raconta sa journée.

Après s'être promené dans les murs tout l'avant-midi, écoutant des propos dont la niaiserie l'avait stupéfié, il avait surpris une conversation étonnante.

À midi six, le bureau de poste était devenu désert, employés comme clients ayant tous décidé d'aller se remplir la bedaine. Un commis était resté de garde derrière le comptoir, brassant de la paperasse en sifflotant une petite chanson de trois sous.

C'était un grand homme sec aux oreilles pointues, à la peau jaune comme du vieux carton, avec de gros yeux gris qui semblaient vouloir dévorer les gens, tandis que ses lèvres s'étiraient en de longs sourires mielleux. Alfred l'avait aussitôt classé dans la catégorie des animaux venimeux. Les autres employés ne semblaient guère l'aimer. On lui parlait avec rudesse ou avec crainte, mais le plus souvent on ne lui parlait pas du tout et le bonhomme, quand il ne répondait pas au guichet, travaillait seul dans son coin, jetant à tous moments des coups d'œil inquisiteurs autour de lui, comme s'il préparait un mauvais coup.

À midi six, donc, profitant de l'accalmie, il s'était emparé d'un téléphone et, assis sur le coin d'une table, le derrière dans la paperasse, il avait tenu les propos suivants :

— Allô ? Rodion ? C'est bien toi ? J'avais pas reconnu ta voix. La grippe ? Ah bon. T'as dû dormir les fesses à l'air. Le vent du Richelieu est frette à ce temps-ci de l'année. Je le sais qu'elle est plate, ma farce. Toutes mes farces sont plates. Ma mère m'a fait comme ça. C'est à prendre ou à laisser. Comment se portent nos deux rats ? Toujours rien ? Bottine à mouches ! Ils vont pourtant parler un jour ! Je les ai entendus, moi ! Et plusieurs fois encore ! Le vidéo fonctionne jour et nuit ? T'as testé le micro ? Les maudites bêtes ! elles doivent se douter de quelque chose... Il faut les laisser seules, que je te dis, les laisser seules plusieurs jours d'affilée ; à un moment donné, elles finiront par s'oublier! Tanné d'attendre? Et moi donc, tu penses que je suis pas tanné? J'ai hâte de l'avoir, ce fric! Mais non, mais non, prends sur toi, voyons, et rappelle à New York pour leur expliquer bien calmement que notre affaire demande un peu plus de temps que prévu, que ces fameux rats sont plus malins qu'on l'aurait cru, mais qu'on finira bien par les avoir, bottine à mouches! Tu veux me voir? À quel sujet? Bon, j'insiste pas. Non, impossible aujourd'hui. Ni demain matin. Pas avant la fin de la journée. C'est ça, à cinq heures, demain. Chez toi? Parfait. À moins que l'inondation emporte l'île... Je le sais qu'elle est plate, ma farce. Elles sont toutes plates, que je te dis! Ma mère m'a fait... Salut, j'ai un client qui se pointe.

❋

Le silence régna un moment. Tout le monde se regardait. Assis devant Antoine, la queue étalée bien droite, Motte de Beurre ronronnait triomphalement.

— Très intéressant, murmura enfin Jean-Guy.

— Tessant tessant tessant, répéta Judith.

Marie-Anne se tortillait une mèche de cheveux :

— Tu as bien raison : ça ne peut être que l'île Goyer.

— Comment s'appelle ton commis? demanda Alain.

— Barbelaid, répondit Alfred. Bénédict Barbelaid.

— Quel nom affreux! s'esclaffa Antoine.

Le rat haussa les épaules :

— Il lui va à ravir.

— Le problème, reprit Jean-Guy, c'est qu'on ne connaît pas le nom de famille du dénommé Rodion, ni son adresse.

— Il suffirait, répondit Antoine, de suivre en cachette Bénédict Barbelaid demain à cinq heures et on la connaîtrait.

Jean-Guy secoua la tête :

— C'est difficile et imprudent. Nous ne sommes pas des détectives.

«Parle pour toi», eut envie de répondre Alfred. Mais il se retint.

— Il faut penser à tout cela, dit Marie-Anne. On touche au but. Rien ne sert de brusquer les choses. La vie de tes parents n'est pas en danger, Alfred. Nos deux escrocs veulent faire un coup de fric en les vendant à New York. Ils les traitent sûrement aux petits oignons.

Alfred grommela quelque chose dans le creux de sa patte.

— Pardon? j'ai mal compris.

— Je n'ai rien dit : je viens de roter.

— Ah oui? drôle de rot! Je n'en ai jamais entendu de pareils.

— Il y a bien des choses que tu n'as pas encore entendues. Faut sortir un peu de chez soi.

— Alfred! lança Jean-Guy.

— Bon, ça va, je m'excuse. Salut, tout le monde, je m'en vais me coucher. La tête me tourne.

9

La pluie recommença pendant le souper. Une pluie lourde et lente, qui tombait calmement, inépuisablement, comme si elle avait décidé de noyer toute la terre. Le repas se déroulait en silence. Chacun rouspétait dans sa tête, n'osant le faire à voix haute. Voyant toutes ces mines déçues, Marie-Anne et Jean-Guy craignaient une incartade. Antoine rageait devant leur supposée prudence; à ses yeux, c'était de la peur. Alfred, descendu de sa chambre, touchait à peine à son assiette et avait le goût d'envoyer tout le monde au diable. S'il n'en avait tenu qu'à lui, on se serait précipité chez Barbelaid pour lui annoncer que sa combine était démasquée ; il aurait révélé l'adresse de son ami, on serait allé le trouver et à cette heure, Ovide et Nana seraient à table avec tout le monde, en train de raconter leur mésaventure en dégustant des tacos au poulet.

Jean-Guy se racla la gorge deux ou trois fois, puis, d'une voix hésitante :

— Écoute, Alfred, je comprends ta hâte de revoir tes parents, mais la chose n'est pas si simple qu'elle en a l'air. Nous avons affaire à des malins – sans avoir la plus petite preuve contre eux. Alors...

— ... alors, on laisse tout tomber, coupa Alfred, sarcastique.

— Non non non ! au contraire ! Mais il faut se préparer, se préparer bien soigneusement, de façon à frapper dans le mille. J'ai envie d'aller trouver la police pour demander conseil.

— C'est ça, et lui annoncer que tu cherches à libérer deux rats qui savent parler. Bonne chance! On ira te voir en fin de soirée à la maison des fous.

— Il a raison, intervint Marie-Anne. Personne ne te croira.

— Alfred n'a qu'à m'accompagner et leur raconter l'histoire à ma place!

— Jamais! lança le rat. Mes parents me tueraient s'ils apprenaient que j'ai dévoilé leur secret à la police. Aucun humain ne devait le savoir. Ils craignaient les emmerdements. On voit bien d'ailleurs qu'ils avaient raison. Je tremble à la seule idée de leur annoncer que j'ai déjà mis au courant une dizaine de personnes, même si ce sont tous des amis!

— Alors, je vais engager un détective, décida Jean-Guy. Je lui raconterai qu'on m'a chipé deux rats d'élevage d'une grande valeur.

Le regard d'Antoine s'adoucit :

— C'est déjà un peu mieux.

— Oui, un peu, ajouta Alain.

Mais Alfred garda le silence. Son air buté montrait bien qu'il rejetait également cette solution.

Aussitôt sorti de table, Jean-Guy s'empara des Pages Jaunes et consulta la section des agences de détectives. Il en trouva une ving-taine.

— J'ai un rendez-vous pour de-main après-midi quatre heures, annonça-t-il avec un sourire satis-fait en pénétrant dans la salle de jeux.

— Bon, fit Antoine sans grand enthousiasme.

— Est-ce que c'est un bon détective, au moins? demanda Alain en éteignant la télé.

— Pour être franc, je n'en sais rien. C'est la première fois de ma vie que j'en consulte un.

Alfred surgit tout à coup derrière Motte de Beurre, qui s'était affalé sur le canapé et suivait la scène d'un œil :

— Eh bien, moi, je souhaite que tu te casses une jambe en allant à ton rendez-vous à la noix!

— Très gentil de ta part. Et pourquoi donc?

— Parce que *moi*, j'ai une tête sur les épaules et que je m'en sers... As-tu pensé qu'un détective, c'est un *fouineur professionnel*? Il ne croira pas une seconde à cette histoire de rats d'élevage. On n'aura pas eu le temps de cligner l'œil trois fois qu'il aura deviné que mes parents sont des animaux extraordinaires. Deux minutes après, il saura pourquoi. Et après... après, alors là, nos *vrais* problèmes vont commencer! Je te défends d'aller voir ce détective.

— As-tu une autre solution à

proposer? demanda froidement Jean-Guy.

Alfred grimpa sur le dos de Motte de Beurre, s'étendit de tout son long, puis se releva et, se grattant le dessus de la tête :

— Non. Pas pour l'instant.

— Alors, quand tu en auras une, fais-le-moi savoir, répondit-il en se dirigeant vers la porte.

Il s'arrêta et se retourna, l'index dressé en l'air :

— Mais si entre-temps un malheur arrivait à tes parents, ne viens surtout pas me blâmer!

— *Mrrniaw-niaw-yiou*, murmura Motte de Beurre quand il fut parti.

— Que dit-il? demanda Alain.

— Qu'on est mieux de se dépêcher d'avoir une bonne idée, traduisit Alfred, si on ne veut pas courir après mes parents jusqu'à New York.

10

Le lendemain matin, en pénétrant dans la cuisine pour déjeuner, Antoine aperçut Alfred sur le rebord de la fenêtre en train de contempler la pluie. Les branches de l'érable norvégien ployaient sous l'averse, l'une d'elles touchait presque la vitre. Chez la voisine, une gouttière crachait l'eau avec fureur, projetant celle-ci en une longue demi-courbe qui atteignait la clôture. Le gazon gorgé d'eau avait pris une teinte sombre et lugubre ; les pavés avaient disparu sous une mare qui s'étendait dans toute la cour ; une planche fila dans la rue, emportée par un ruisseau qui cascadait dans une grille d'égout.

Antoine prit place à table et versa des céréales dans un bol. Alain achevait ses rôties. Judith, assise dans sa chaise haute, donnait de légers coups de pied sous la table et contemplait tristement Alfred. Ce dernier, visiblement, ne voulait parler à personne. Antoine soupira. Il avait mal dormi. Un cauchemar l'avait réveillé au milieu de la nuit : il était ligoté sur une chaise dans un laboratoire, un énorme champignon enfoncé dans la bouche ; en face de lui, penché au-dessus d'un comptoir, un vieil homme découpait en tranches deux rats qui pissaient le sang.

— Si cette pluie n'arrête pas, il va arriver un malheur, déclara Marie-Anne en pénétrant dans la cuisine.

Alfred se retourna :

— Un malheur de plus ou de moins, qu'est-ce que ça peut faire?

Il sauta sur la table et se dirigea vers son assiette :

— Je voudrais du fromage et une demi-banane, s'il te plaît. Une grosse journée m'attend.

Tous les regards se tournèrent vers lui.

— Je retourne au bureau de poste, annonça-t-il.

— Et pourquoi? demanda Alain.

— Pour obtenir d'autres renseignements.

— Je ne pourrai pas t'y conduire, répondit Marie-Anne. Jean-Guy est parti avec l'auto.

— Je le cacherai sous mon imperméable, proposa Antoine. Je passe tout près en allant à l'école.

Dix minutes plus tard, le visage dégoulinant et les jeans trempés, Antoine arrivait au bureau de poste. Il promena son regard autour de lui pour s'assurer que personne ne l'observait, puis déposa Alfred près d'un mur :

— Sois prudent, hein? Je reviens te chercher à quatre heures.

Alfred ne répondit rien et fila le long du mur dans un jaillissement d'eau sale.

Antoine s'éloigna, à demi courbé sous la pluie :

— Je sens que cette histoire va mal finir, soupira-t-il.

Et soudain il eut envie de pleurer.

❋

La récréation de l'après-midi se prenait dans le gymnase, car la pluie durait toujours. Retirés dans un coin, Michel, Robert et Antoine discutaient à voix basse.

— Moi, je suis de l'avis d'Alfred, déclara Michel. Il ne faut pas mêler de détective à cette affaire. On risque de se faire jouer dans les pattes.

Un ballon arriva près d'eux par petits sauts. Robert s'en empara et le lança au loin. En se penchant, il aperçut un vieux sac de croustilles vide qu'un courant d'air poussait le long du mur.

— Eh bien, moi, dit-il, je ne vois pas d'autre façon de nous en tirer. On ne peut quand même pas prendre ce commis de poste en filature! On n'est pas des policiers, après tout.

— Et pourquoi ne le suivrait-on pas? demanda Antoine.

Robert observait le sac de croustilles qui continuait de glisser le long du mur avec de curieux soubresauts. Il s'en approcha et le saisit.

— Attention, idiot! siffla Alfred en sortant la tête. C'est mon déguisement! Glisse-moi dans ta poche et allons aux toilettes. J'ai à vous parler. Ça presse!

Robert, ahuri, obéit sans dire un mot. Ses compagnons avaient eu le temps d'apercevoir le rat. Aussi ahuris que lui, ils le suivirent.

— Où allez-vous comme ça? leur demanda une surveillante.

— Aux toilettes, madame, répondit Michel.

— Tous les trois?

— Eh oui, madame.

Et ils se mirent à se tortiller pour montrer que chaque minute comptait.

— Pas mal, mon déguisement, hein? s'exclama Alfred quand ils furent réunis dans un cabinet. J'ai percé un trou minuscule avec mes dents pour voir mon chemin. Et voilà! J'ai vraiment une nature d'espion, ne trouvez-vous pas?

Le rat, très à l'aise, se prélassait sur l'épaule de Robert.

— Mais comment as-tu fait pour te rendre jusqu'à l'école?

— Ah ça, ne m'en parle pas! Ces maudits nuages qui n'arrêtent pas de nous pisser dessus! J'ai failli être emporté trois fois dans une rigole! Je me serais sûrement noyé dans les égouts! Mais enfin, me voici.

— Et comment as-tu fait pour entrer?

— J'ai filé entre les pattes du concierge. Je crois qu'il est myope, le pauvre. Ou c'est peut-être la fumée de sa cigarette qui l'aveuglait. En tout cas, bien content de vous voir, tous les trois. Écoutez, j'ai une proposition à vous faire. C'est aujourd'hui ou jamais qu'on peut sauver mes parents. Mais il faut agir vite.

Et il leur raconta ses découvertes de l'avant-midi. Bénédict Barbelaid se déplaçait dans une vieille fourgonnette en ruine qu'il stationnait toujours à l'arrière du bureau de poste. Caché derrière une boîte de conserve rouillée, Alfred avait assisté à son arrivée ce matin-là un peu avant l'ouverture du bureau. Sautant en bas de son véhicule, le commis s'était dirigé vers une poubelle, en avait sorti une grosse boîte de carton et l'avait portée vitement à la fourgonnette, dont il avait ouvert la portière arrière.

— Sans clé, précisa le rat.

Après avoir jeté un coup d'œil à la ronde, il avait glissé la boîte dans un incroyable bric-à-brac, prenant soin de la dissimuler sous un amas de guenilles. Le bonhomme chipait sans doute des choses à son employeur.

— Est-ce que vous voyez où je veux en venir?

— Pas du tout, répondit Antoine.

— Moi non plus, ajoutèrent ses deux amis.

— Ah bon. Je vous aurais cru plus intelligents. Enfin... Écoutez-moi. Comme on sait qu'il doit se rendre ce soir à cinq heures chez le dénommé Rodion, où se trouvent mes parents, je vous propose...

— ... de vous cacher dans la fourgonnette, coupa Antoine.

— ... et d'y aller avec moi, compléta Michel.

Alfred eut un grand sourire :

— C'est ça.

— Moi, ça me fait peur, avoua Robert.

Alfred lui lança un regard pointu :

— Que les peureux restent chez eux.

Une sonnerie retentit. C'était la fin de la récréation.

— Et alors? demanda Alfred. Que décidez-vous?

Michel se tourna vers Antoine :

— On y va?

Celui-ci acquiesça de la tête.

— Alors, j'y vais aussi, fit Robert. Mais je suis sûr que je vais me faire engueuler par mes parents comme du poisson pourri.

— Nous aussi, répondit Antoine.

Mais on n'a pas le choix.

Il sortit le premier des cabinets et fourra Alfred dans la poche de sa chemise :

— À présent, mon vieux, il faudra que tu fasses le mort jusqu'à quatre heures. Pas de conneries en classe, hein?

— Pour qui me prends-tu? Une cervelle de mouche?

11

La portière de la fourgonnette s'ouvrit sans difficulté. Après avoir pataugé dans l'eau pendant trois coins de rue sous une méchante pluie froide que les grilles d'égout avalaient avec des rugissements de cataractes, ils avaient eu un petit frisson en apercevant le bureau de poste aux briques sombres et mouillées, puis, stationnée derrière, la vieille fourgonnette grise, tachée de rouille, dont les flancs cabossés, salis, égratignés, semblaient dénoncer la cruauté de son propriétaire.

Michel inspecta le stationnement,

puis les deux fenêtres qui donnaient sur l'arrière du bâtiment :

— Allons-y! c'est le temps.
Montez!

Robert posa le pied sur le pare-
chocs et, après quelques efforts,
réussit à se glisser à l'intérieur
entre un mannequin éventré et une
empilade d'éventails électriques.
Mais, bousculé par ses compagnons qui essayaient de prendre
place à leur tour, il s'écorcha le
bout du nez contre un morceau de
tôle.

— Ayoye!

— Chut!

— Je me suis coupé, crétin!
Cesse de me pousser!

Antoine referma la portière. Pendant un moment, ils se donnèrent
des coups de coude et de genou
en cherchant un espace qui n'exis-
tait pas, puis Alfred s'écria :

— Il y a une boîte de carton ici,
presque vide.

Elle contenait quelques guenilles huileuses et un sac d'où s'élevait une odeur de moisi.

— Hummm, fit le rat en se pourléchant les babines, il y a peut-être une petite collation là-dedans.

Ils finirent par s'entasser tant bien que mal les uns sur les autres et commencèrent leur attente.

La pluie tambourinait avec rage sur la tôle, comme pour les réprimander de s'être embarqués dans une pareille aventure.

Un quart d'heure passa.

— Je ne sens plus mon bras droit, se plaignit Robert.

— Moi, je me sens tout à fait bien, annonça joyeusement Alfred, qui circulait avec aisance parmi le fouillis.

Mais soudain, l'image de ses parents enfermés depuis des mois dans leur cage, sans espoir de jamais en sortir, lui fit perdre tout son entrain. Il alla se coucher sur un vieux coussin puant le lait suri et se mit à contempler tristement la pluie qui éclatait en mille petites gerbes grises sur l'asphalte luisant.

— Attention ! le voilà qui arrive ! s'écria-t-il soudain en voyant apparaître Bénédict Barbelaid sur le perron du bureau de poste.

Et il se précipita vers la boîte de carton où les trois garçons s'étaient recroquevillés, les yeux ronds de peur.

Quelques secondes passèrent, puis on entendit un bruit de course et une portière s'ouvrit violemment.

— Maudite pluie sale, grommela Barbelaid en s'installant au volant. Pourrait pas tomber en Afrique, non ? Ça meurt de soif là-bas.

Sa voix râpeuse et maussade, d'une étonnante vulgarité, remplit les enfants de frissons ; si une poubelle avait pu parler, c'est ainsi qu'elle l'aurait fait. Des larmes apparurent aux yeux de Robert et il porta la main à sa bouche.

«Hum! se dit Antoine. Il m'a l'air plus coriace que Grincefort*, celui-là. On s'est embarqués dans une histoire qui risque de nous chauffer la peau des fesses.»

Ils entendirent des frottements, puis une odeur de cigarette se répandit dans l'air. Le moteur poussa trois ou quatre gémissements, toussa, faillit s'étouffer, puis réussit enfin à démarrer. La fourgonnette eut un soubresaut, qui fit trembler tout son contenu, puis s'ébranla. Elle prit bientôt de la vitesse et la pluie sembla redoubler de violence.

Accroché à l'épaule d'Antoine, Alfred se dressa jusqu'à son oreille :

— Je vais aller jeter un coup d'œil sur notre bonhomme.

Antoine fronça les sourcils et lui

---

* Voir *Alfred sauve Antoine.*

fit signe de n'en rien faire. Puis, par prudence, il voulut saisir le rat. Alfred réussit à lui échapper, mais resta avec les trois garçons. Il aperçut alors une vieille chique de gomme aplatie sur le plancher. Pour tuer le temps, il s'amusa à la décoller avec ses dents et se mit à la mâcher. Elle avait un curieux goût de menthe et d'huile à moteur. Au bout de quelques instants, il finit par la trouver délicieuse.

La fourgonnette s'arrêtait à tous moments à des feux rouges. Au cinquième arrêt, le chauffeur poussa un juron, puis repartit en faisant crisser les pneus. Il semblait de plus en plus nerveux.

— Maudit déluge! s'écria-t-il soudain. Si ça continue, il va arracher le pont!

Puis les arrêts s'espacèrent de plus en plus et la fourgonnette se mit à filer sur la grand-route.

Des larmes coulaient maintenant

sur les joues de Robert. Il se voyait emporté par des vagues géantes après avoir été au préalable poignardé. Quelle folie l'avait pris de s'embarquer dans une pareille affaire? Si jamais il en ressortait vivant, jamais plus il ne parlerait à ce sacré rat! Pour le réconforter, Antoine lui caressa l'épaule. Michel lui jeta un regard méprisant et, se penchant à son oreille :

— Que je ne t'entende pas pleurer, toi. Sinon, je te bouche la gueule avec cette guenille.

Un peu de temps passa. Le bruit de la pluie sur la tôle leur donnait envie de dormir; ils fermaient lentement les yeux, puis les ouvraient brusquement, assaillis par la peur, et jetaient des regards effarés autour d'eux.

Soudain, un roulement sourd emplit la fourgonnette, mêlé aux mugissements d'un cours d'eau : ils traversaient le pont de l'île

Goyer. Pendant quelques secondes, Antoine crut sentir un léger tremblement dans le plancher du bazou, comme si le pont luttait de toutes ses forces contre la rivière. Bon sang! est-ce qu'il allait lâcher?

La fourgonnette roula encore quelques minutes; ses pneus fendaient des flaques d'eau en soulevant d'énormes jaillissements. L'eau pénétrait dans la carrosserie par toutes sortes de fissures et commença à imbiber la boîte de carton. Alfred reçut une goutte dans l'œil et s'essuya, furieux.

Le véhicule s'arrêta brusquement. Bénédict Barbelaid poussa un soupir, alluma une cigarette, tira quelques bouffées, puis s'élança dehors. Ils l'entendirent monter des marches, une porte s'ouvrit, se referma, puis plus rien.

— Qu'est-ce qu'on fait? demanda Robert.

— On attend, répondit Antoine.

Alfred grimpa sur une empilade de vieux chaudrons :

— Je vais aller jeter un coup d'œil par la vitre. Y a rien, fit-il au bout d'un moment. On ne voit personne. Et personne aux fenêtres.

— Où sommes-nous? demanda Michel.

— Devant un gros bungalow de riches. Au fond, j'ai cru voir le bassin de Chambly. On pourrait longer la maison du côté gauche : c'est le garage. Y a pas de fenêtres.

Antoine se souleva. Ses jambes engourdies le lâchèrent et il tomba sur ses genoux.

— Ouille! ça pique! ça chatouille!

Il se frotta vigoureusement, puis tendit l'oreille :

— Allons-y.

Le grincement prolongé que laissa échapper la portière en s'ouvrant leur fit pincer la bouche avec une expression horrifiée. Ils posèrent doucement le pied sur l'asphalte ruisselant et la portière se referma en poussant de nouveau son horrible grincement. Alfred leva la tête vers Antoine :

— Allez, prends-moi. Attends-tu que je me noie?

En contournant la fourgonnette par la gauche, on n'avait qu'un mètre à franchir pour atteindre le garage. En deux bonds, ils se retrouvèrent le long d'un mur de brique qui donnait sur un toit en pente. La pluie, débordant de la gouttière, tombait à flots sur leurs épaules. Ils avancèrent rapidement. Le terrain, assez profond, se terminait sur un talus à pic qui dévalait vers le bassin de Chambly. À mesure qu'ils avançaient, une sorte de roulement sourd, très étrange, se mit à grossir. Michel s'arrêta et tendit le bras :

— Regardez!

Le bassin de Chambly, qui n'était

qu'un élargissement de la rivière Richelieu où baignait l'île Goyer, avait pris un aspect effrayant. L'eau grise, criblée par la pluie battante, bouillonnait et ondulait comme si elle avait cherché à s'échapper de son lit pour avaler l'île et ses maisons. Des branches cassées et des planches filaient à toute vitesse. Une section de quai apparut, tourna sur elle-même un moment, puis s'éloigna. Un peuplier, qui se dressait au milieu du talus, s'inclina brusquement et se mit à se balancer d'une façon étrange.

— Il va y avoir une inondation, murmura Antoine à l'oreille de Michel. On est mieux de ne pas rester ici trop longtemps.

— Qu'est-ce qui se passe? demanda Robert en les regardant avec des yeux terrifiés.

Le grondement les empêchait de penser. Ils contemplaient l'eau grise et tourbillonnante, les bras ballants, désemparés.

— Et alors? fit Alfred en s'échappant de la poche d'Antoine pour grimper sur son épaule. Qu'est-ce que vous faites, bande d'empotés? Vous attendez la fin du monde?

Il aperçut le bassin de Chambly et se figea :

— Oh ho! Si on niaise trop ici, ça va être le grand bain!

— Je vais aller jeter un coup d'œil à une des fenêtres du sous-sol, décida Antoine.

— Non, répondit Alfred. *Moi*, je vais y aller. On risque moins de me voir.

Il sauta à terre, tourna le coin et disparut. Les trois garçons s'aplatirent contre le mur pour tenter de se protéger de la pluie, car malgré leurs imperméables ils étaient mouillés comme des poissons.

— Ma mère doit me chercher partout, soupira Robert. Si elle savait que je me trouve ici, elle tomberait à terre raide morte.

— Eh bien, pour l'instant, elle ne le sait pas, grogna Antoine, et c'est tout ce qui compte.

Le peuplier s'inclina encore un peu plus, puis il poussa une sorte de gémissement et disparut. Les garçons se regardèrent sans dire un mot. Le grondement semblait avoir augmenté.

Soudain Alfred fut devant eux, tout frétillant; son pelage mouillé avait pris une teinte noirâtre.

— Je les ai vus! je les ai vus! lança-t-il en se trémoussant de joie. Ils sont dans une cage au sous-sol, au fond d'une sorte de laboratoire. J'allais leur faire signe, mais Barbelaid est apparu avec un type à gros pif rouge et j'ai dû sacrer le camp.

Robert s'était approché, sa peur soudain envolée :

— Tu as revu tes parents?

— Puisque je te dis!

— Alors, il faut empêcher ces deux hommes de partir. Ils vont s'enfuir avec eux. Dans une heure ou deux, l'île va être inondée, vous verrez!

Michel le regarda :

— Tu as raison.

— Qu'est-ce qu'on peut faire? demanda Antoine. Ah! si Motte de Beurre était avec nous, il aurait peut-être une idée.

— Il faut bousiller le bazou, répondit Robert.

Ses compagnons le fixaient, étonnés. On aurait dit qu'il n'était plus le même.

— Oui, mais comment? fit Antoine.

Alfred se dressa debout, les pattes sur ses hanches :

— Je m'en occupe. J'ai tout à coup comme une envie de fils électriques.

— Mais il doit y avoir aussi une auto dans le garage, observa

Michel, qui commençait à claquer des dents.

— J'y verrai, répondit Alfred en se précipitant vers la fourgonnette.

Il y resta cinq minutes et revint avec un sourire satisfait :

— S'ils arrivent à faire démarrer ce moteur-là, je promets de cirer leurs souliers pendant trente ans! Je vais voir à présent si je peux me faufiler dans le garage.

Il venait de partir lorsqu'une porte s'ouvrit à l'arrière du bungalow ; des voix d'hommes s'élevèrent dans la rumeur de la pluie. Les garçons, épouvantés, se plaquèrent contre le mur.

— C'est vrai que l'eau a beaucoup monté, lança Bénédict Barbelaid en s'approchant du talus. Tabarouette! le peuplier vient de tomber! Il faut ficher le camp d'ici, mon vieux!

Un petit homme frêle avec une sorte de betterave à narines au milieu du visage s'approcha, un verre de vin dans la main droite, l'autre main étendue au-dessus pour le protéger de la pluie. Blanchepatte aurait aussitôt reconnu l'homme à l'auto noire.

— J'ai développé un attachement très profond pour cette maison, répondit l'homme d'une voix caverneuse, qui se confondait par moments avec le grondement de la rivière. Elle m'a d'ailleurs coûté une somme exorbitante, soit dit en passant.

Il prit une gorgée :

— Je n'aime pas du tout l'idée de l'abandonner.

— C'est pas en restant dedans, pauvre toi, que tu vas empêcher la rivière de l'emporter si la rivière en a envie.

La tête penchée au-dessus du talus, le petit homme répondit quelque chose, mais ses mots se perdirent dans le bruit. Les deux individus rentrèrent bientôt dans la maison.

— Auto foutue, annonça Alfred en réapparaissant. Bougera pas plus qu'un trottoir. Mais je me suis ébréché une dent sur un fil, peau de chat!

— Bon, fit Antoine. Voilà au moins un problème de réglé. Et maintenant?

Le rat alla se mettre à l'abri sous une chaise de jardin :

— Et maintenant, il faut trouver une façon de les éloigner du laboratoire, puis d'y entrer. On libère mes parents et on fiche le camp.

— Facile à dire, difficile à faire, soupira Antoine.

Robert allait lui répondre lorsqu'Alfred leur fit signe de se taire et se cacha derrière la chaise.

Une porte venait de claquer. Quelqu'un descendit les marches du perron.

S'aplatissant contre le sol, Alfred fila dans le gazon jusqu'à Antoine, qui le prit sur son épaule.

— Barbelaid vient de monter dans sa fourgonnette, souffla le rat à l'oreille de son ami. On va s'amuser. Hi hi!

Un moment passa. Puis la portière s'ouvrit et une terrible volée de jurons éclata dans l'air.

— Maudit bazou de marde! hurla le commis en s'élançant vers la maison. Je vais le défoncer à coups de hache! Je vais le faire sauter à la dynamite! Me lâcher à un pareil moment!

— Ils vont maintenant se rendre au garage, annonça Alfred.

Et, comme il l'avait prévu, des pas se firent entendre de l'autre côté du mur, suivis bientôt d'exclamations et de cris de rage.

Robert s'approcha d'Alfred :

— Ils vont appeler un taxi. On ne sera pas plus avancés.

— C'est vrai! Je n'y avais pas pensé. Il faut couper la ligne de téléphone. Où est-elle?

Les trois garçons haussèrent les épaules en signe d'ignorance. On entendit un bruit de tôle : quelqu'un soulevait le capot.

— Je vais essayer d'entrer dans la maison. Les fils, ça me connaît. Qu'on me laisse cinq minutes et tous leurs téléphones vont devenir sourds-muets.

Antoine eut une grimace et prit le rat dans sa main :

— Fais attention à toi, Alfred. Si je te perdais, jamais je ne m'en consolerais.

— Bah! fit-il en sautant à terre, il te restera toujours Motte de Beurre!

Et il disparut de nouveau. Quelques minutes passèrent. La pluie continuait de tomber avec la même violence. Dans le garage, Barbelaid et le petit homme à nez de betterave discutaient de plus en plus fort. Antoine bougea ses orteils dans ses souliers gorgés d'eau et se mit à grelotter.

— Restez ici, dit-il à ses compagnons, je vais aller jeter un coup d'œil au laboratoire.

Il tourna le coin de la maison. La première chose qu'il aperçut fut l'eau grisâtre qui s'agitait à quelques centimètres du sommet du talus.

«Dans une heure, l'île sera inondée, se dit-il avec un frisson. Dans une heure, il faut être loin d'ici.»

Il longea le mur qui faisait face au bassin, arriva à une large fenêtre de sous-sol qui s'ouvrait près d'une porte – *et il les aperçut*! Deux petites bêtes effarouchées dans leur cage grillagée posée sur un comptoir, qui le fixaient, immobiles, les pattes antérieures levées, la queue dressée en l'air. Les parents d'Alfred! Les parents d'Alfred après tout ce temps!

Antoine leur envoya la main et alla rejoindre ses compagnons :

— Alfred n'est pas revenu?

Ils firent signe que non. Un moment passa. Le garage était redevenu silencieux. Robert faisait de nouveau la lippe. Il serra frileusement les bras contre son corps :

— Je suis tanné de moisir sous la pluie, moi. Si ça continue, je vais attraper mon coup de mort.

Michel eut un sourire cruel :

— Vraiment? Je croyais que les poules mouillée étaient à l'épreuve de l'eau. C'est une farce! C'est juste une farce!

Mais un coup de poing dans le ventre venait de le plier en deux.

— Ça va, ça va, fit Antoine en les séparant. Perdez-vous la tête? Vous allez nous trahir avec vos folies... Mais j'y pense, fit-il brusquement. La porte du laboratoire n'est peut-être pas barrée. S'il n'y a personne, on pourrait entrer, libérer les parents d'Alfred et retourner l'attendre dehors.

Robert le fixa avec de grands yeux effrayés :

— Bonne idée, murmura-t-il enfin. Vas-y. On t'attend.

Au même moment apparut le rat :

— Mission accomplie. Je suis vraiment extraordinaire ! Si jamais... Mais où alliez-vous comme ça ? s'interrompit-il.

Michel le lui expliqua.

— Il fallait m'attendre, bande de zouaves ! Comment j'aurais pu deviner, moi, que... Enfin... je pardonne à votre inexpérience... Mais alors, allons-y tout de suite ! Ils ne resteront pas dans le garage toute leur vie.

Antoine prit le rat sur son épaule et ils s'avancèrent encore une fois sur le gazon gorgé d'eau qui émettait des bruits d'éponge.

Les vagues du bassin léchaient à présent le haut du talus. Dans quelques minutes, elles envahiraient le terrain, puis la maison.

Alfred se glissa le long de la fenêtre et risqua un œil : personne. Il fit alors signe à Michel, qui se rendit vitement à la porte : elle s'ouvrait! Ils s'arrêtèrent sur le seuil, la gorge serrée, le souffle court, les joues brûlantes; on entendait, affaiblies par la distance et l'épaisseur des murs, les voix des deux hommes qui s'étaient remis à tempêter contre l'auto. À l'arrivée des enfants, les rats s'étaient cachés sous la paille de la cage, qui semblait vide à présent. Antoine fit trois enjambées, souleva la targette et ouvrit la porte.

— Papa! maman! c'est moi! lança Alfred d'une petite voix aiguë et frémissante. Je suis venu vous sauver! Dépêchez-vous! sortez de là! Je suis avec des amis!

Allons! dépêchez!

Deux petits museaux pointus surgirent entre les brins de paille.

— Des amis? fit Ovide, stupéfait, en fixant les garçons.

— Oui! oui! allez! je vous raconterai tout ça dehors!

Nana traversa la cage et secoua les brindilles sur son pelage :

— Comment nous as-tu trouvés, Alfred?

— Allez! vite! lança Alfred, exaspéré par leur lenteur. Ce n'est pas le temps de faire la parlotte!

— Permettez, fit Antoine en avançant la main. Il faut que je vous mette dans la poche de mon imperméable.

Robert s'avança, un peu craintif, saisit Ovide et le glissa dans la sienne, tandis qu'Alfred allait rejoindre sa mère dans la poche d'Antoine. Ce dernier prit soin de refermer la porte de la cage et de repousser la targette.

Ils filèrent dehors, triomphants et morts de peur, tournèrent le coin de la maison... et butèrent contre Bénédict Barbelaid. Celui-ci empoigna Antoine et Michel chacun par un bras, tandis que Robert, figé, fixait le petit homme au pif violacé qui sortait du laboratoire derrière lui, coupant ainsi sa retraite.

— Il me semblait avoir entendu des voix, ricana Barbelaid. Qu'est-ce que vous faites ici?

— On... se promenait, répondit Antoine.

— On se promenait... Tu parles! Beau temps pour une promenade! Attrape l'autre, Rodion, on va aller jaser en dedans. Qu'est-ce que vous êtes venus faire ici? demanda-t-il en apercevant des traces mouillées sur le plancher.

Antoine, de plus en plus apeuré, écarta les pans de son imperméable afin de masquer la protubérance que formaient dans sa poche Alfred et Nana :

— Euh... nous étions seulement venus jeter un coup d'œil.

— Un coup d'œil, hein? C'est vous qui avez bousillé les autos?

— Quelles autos? demanda Michel innocemment.

Rodion s'approcha de la cage, y jeta un regard et, apparemment rassuré, se tourna vers Barbelaid :

— On les relâche? Je n'ai vraiment pas le goût, dans les circonstances, de me retrouver avec trois enfants sur les bras.

— Non non! pas tout de suite. Je trouve qu'il y a trop de coïncidences bizarres ici cette après-midi : deux pannes, des visiteurs... ça fait beaucoup. Je vais essayer d'en savoir plus long. Va appeler un taxi pendant que je les questionne.

— Tu veux toujours partir?

Pour toute réponse, Barbelaid tendit la main vers la fenêtre : l'eau

commençait à envahir le terrain.
Rodion haussa les épaules et
sortit. Barbelaid alla verrouiller la
porte, dévisagea longuement les
garçons, puis décida de s'attaquer
à Robert, qui lui paraissait le plus
facile à effaroucher :

— Et alors? fit-il en le secouant.
C'est toi qui as coupé les fils électriques de ma fourgonnette? Allez!
parle! sinon j'appelle la police!

— Ce n'est pas moi, monsieur,
balbutia Robert, au bord des
larmes. Je n'ai rien pour couper des
fils, moi!

Rodion apparut dans la porte,
tout déconcerté, son verre de vin
à la main :

— Impossible de téléphoner! La
ligne est morte!

Antoine sentit un frémissement
dans sa poche. C'est Alfred qui se
bidonnait.

— Quoi? Décidément, y a des
problèmes de fils dans cette maison,

murmura-t-il en promenant un doigt accusateur sur les garçons.

— On s'en fiche de vos fils, monsieur, lança Michel avec insolence. On veut retourner chez nos parents. Vous n'avez pas le droit de nous retenir.

— Tiens! un petit finfin qui veut se mettre en valeur! Où demeures-tu, toi?

— Sur l'île.

— À quelle adresse?

Michel se tut, ne sachant que répondre.

— Bon, fit Barbelaid au bout d'un moment. Je vois que vous avez besoin de réfléchir.

Il prit une sorte de hachoir qui traînait sur une table et se mit à le faire tourner dans sa main:

— Vous allez venir avec moi, bien sagement, sans chercher à vous sauver, et je vais vous conduire dans un endroit où vous aurez tout le temps voulu pour mettre de l'ordre dans vos idées. Donne-moi la clé de la cave à vin, Rodion.

Ce dernier lui mit la main sur l'épaule :

— Mollo avec les enfants, hein? Je vais voir si je peux attraper un taxi ou une auto dans les environs.

Il vida son verre de vin et sortit. Antoine le vit passer devant la fenêtre, les lèvres serrées, ses yeux globuleux cillant à toute vitesse sous l'impact de la pluie.

Barbelaid poussa les trois garçons dans un long corridor aux murs couverts d'affiches représentant des animaux.

«Ce Rodion doit être un zoologiste, pensa Antoine. Voilà pourquoi il s'intéresse tant aux parents d'Alfred.»

— Entrez ici, ordonna Barbelaid en ouvrant une porte. Et pas de dégâts, hein? Sinon...

Et il fit tourner son hachoir.

Il s'agissait d'une pièce sans fenêtre aux murs couverts de tablettes à sections où dormaient des centaines de bouteilles de vin.

— Vous sortirez d'ici quand vous aurez répondu à mes questions, fit Barbelaid, pas avant.

Il verrouilla la porte et retourna au laboratoire. À la vérité, il ne savait plus que penser. La panne du téléphone venait sans doute de l'orage, mais celle des deux véhicules avait été volontairement causée par quelqu'un. Par qui? Il n'arrivait pas à croire qu'il s'agissait de ces trois petits morveux. Qui d'autre, alors? Et pourquoi cherchait-on à l'embêter ainsi?

Il pénétra dans le laboratoire et se dirigea machinalement vers la cage. Elle semblait vide. Mais ces deux rats avaient l'habitude de s'enfouir sous la paille au moindre bruit. Il fit encore quelques pas et se mit à scruter l'intérieur.

12

Quand le commis se fut éloigné, les garçons se mirent à chuchoter tous en même temps, imités par les rats qu'on avait déposés sur le plancher.

— Écoutez-moi, lança Antoine. L'affaire est grave. Et on n'a pas beaucoup de temps.

Le silence se fit.

— Tout d'abord, il faut vous cacher, poursuivit-il en s'adressant aux rats. Ce salaud va bientôt s'apercevoir de votre disparition et revenir ici.

— Nous cacher? ricana Ovide. C'est notre spécialité. On ne fait que ça dans la vie.

Sa voix râpeuse ressemblait d'une façon étonnante à celle d'Alfred.

— Si nous allions derrière cette boîte de carton, là-bas? roucoula Nana.

Sa voix à elle faisait penser à un nuage de bulles roses ou à de petits capuchons de crème fouettée.

— Ouais, ça peut aller, fit Alfred. Maintenant, comment sortir d'ici? Les murs sont en béton. J'ai pas envie de mourir noyé entre deux bouteilles de vin, moi!

Un bruit de course résonna dans le corridor. Les rats se précipitèrent vers la boîte. On entendit le tintement d'un trousseau de clés et la porte s'ouvrit.

— Ah! mes saligauds! éclata Barbelaid en faisant irruption dans la pièce. Qu'avez-vous fait de mes deux rats? Hein? qu'en avez-vous fait?

Sa mâchoire tremblait et il ouvrait et refermait ses mains comme pour se préparer à étrangler quelqu'un.

Les trois garçons, le visage blême, le fixaient en silence.

— Vos... rats? articula enfin Antoine.

— Ne fais pas l'innocent! cria l'autre en s'avançant vers lui et il le gifla avec tant de force qu'Antoine tomba assis par terre.

Michel faillit crier de peur, mais serra les poings, prêt à se défendre.

— Allez! répondez! sinon un autre va y goûter!

Un moment passa. Antoine s'était relevé et se massait la joue, appuyé contre une tablette. Alors un sourire perfide souleva les lèvres minces et pâles du commis :

— Est-ce que par hasard ils ne seraient pas ici?

Et il se mit à promener son regard dans la pièce. Alors Robert éclata en sanglots :

— Non, monsieur. On a ouvert la cage tout à l'heure et ils se sont sauvés dehors. Excusez-nous... On ne voulait pas mal faire.

— Sauvés... dehors? répéta le commis, abasourdi. Sauvés... dehors?

Il pâlit, son nez se pinça et ses yeux se mirent à rouler en tous sens. Il leva à deux reprises le bras au-dessus de Robert, puis poussa une sorte de grognement et, tournant les talons, sortit de la pièce à grandes enjambées et verrouilla de nouveau la porte derrière lui.

Pendant cinq bonnes minutes, personne n'osa parler. Puis Michel s'avança vers Robert et lui tendit la main :

— Bravo, mon vieux.

— Il fallait bien que mes larmes servent à quelque chose, répondit l'autre en s'essuyant les yeux, et il sourit.

Antoine mit un doigt sur ses lèvres et pointa la porte : le commis s'y était peut-être embusqué. Puis il dirigea son doigt vers l'extérieur.

Malgré l'épaisseur des murs, on entendait le vent qui venait de se lever. La pluie tournait en tempête. Dieu sait comment tout cela finirait !

Derrière la boîte, les rats causaient à voix basse. Alfred racontait à ses parents l'incroyable aventure qui lui avait permis de se rendre jusqu'à eux. De temps à autre, Nana le caressait. Ovide faisait de grands yeux, tout attendri ; à un moment donné, il lui mit la patte autour du cou. Leur brouille venait de finir.

Ils entendirent des pas au-dessus de leur tête ; Barbelaid arpentait le rez-de-chaussée.

— Et alors, fit Alfred en sortant de sa cachette, est-ce qu'on va rester ici deux mille ans ?

Robert allait lui répondre lorsqu'il se figea sur place, l'œil tout rond.

— Qu'est-ce qui te prend? demanda Antoine.

Il suivit son regard et pâlit : une flaque d'eau s'allongeait devant la porte. L'inondation commençait!

— Mon Dieu, murmura Michel. Qu'est-ce qui va nous arriver?

Antoine secoua la poignée. Rien ne broncha.

— Et moi qui déteste l'eau, se plaignit doucement Nana, grimpée sur une tablette.

— C'est le seul point commun que je me sente avec les chats, grogna Ovide en allant la rejoindre. Quelle chose dégueulasse que l'eau! À peine bon pour pisser dedans!

Alfred les écoutait en silence, n'osant leur avouer que, depuis un an, il avait pris l'habitude de se laver et qu'il commençait même à aimer ça.

La flaque s'avançait à présent jusqu'au milieu de la pièce. Quelques minutes plus tard, cinq centimètres d'eau couvraient le plancher. L'inondation progressait à une vitesse effarante.

Quand l'eau arriva à ses genoux, Robert éclata en sanglots.

— Ouvrez-nous! ouvrez-nous! hurla Antoine d'une voix tremblante en donnant des coups de poing dans la porte.

Dehors, la tempête mugissait. On entendit une série de craquements, puis un choc sourd. Michel et Antoine échangèrent un regard impuissant.

L'eau arrivait maintenant à leur nombril; elle y pénétra. C'était une eau brunâtre et glaciale, avec une odeur de terre un peu écœurante. Ovide et Nana, pelotonnés au fond d'une tablette, l'observaient en silence. Alfred courait sur les bouteilles, cherchant un trou, une fente, une petite fissure qui lui auraient permis de sortir de cette abominable cave à vin.

Michel saisit une bouteille et la lança contre la porte. Elle vola en morceaux et une grande flaque rougeâtre s'élargit au milieu de la pièce, puis disparut peu à peu. Ils disparaîtraient eux aussi, pensa Antoine. On retrouverait leurs corps dans quelques jours et leurs photos paraîtraient dans les journaux.

Une peur sauvage l'envahit. Elle lui dévorait le ventre. Des cris montaient dans sa tête prise de vertige. Bientôt, ils sortiraient par sa bouche et ce serait horrible.

Un claquement de porte retentit soudain au rez-de-chaussée. Est-ce que Barbelaid prenait la fuite, les abandonnant lâchement à leur sort? Non, car des voix s'élevèrent. Antoine reconnut celle de Rodion. Il venait de rentrer et s'engueulait avec son compagnon. À quel sujet? Les mugissements de la tempête empêchaient de comprendre. L'engueulade dura une minute ou deux, puis s'arrêta.

— Ils sont partis? demanda Robert.

Michel hocha la tête, atterré :

— Je crois bien que oui.

«Dans quel pétrin je me suis mis, pensa Antoine avec désespoir. Cette fois, je n'en réchapperai pas.»

L'eau maintenant atteignait presque leurs aisselles. Robert, en sanglotant, se mit à dégarnir une tablette de ses bouteilles afin de s'y installer et de gagner ainsi quelques minutes.

Soudain, ils sursautèrent : quelqu'un pataugeait dans le corridor, poussant des soupirs et marmonnant; ils l'écoutaient, immobiles, retenant leur souffle.

Une clé s'introduisit dans la

serrure, qui cliqueta, et la porte s'ouvrit.

— Allez! venez-vous-en, grommela Rodion. Dépêchez-vous! Ça presse!

Ses cheveux ruisselants et son habit détrempé lui donnaient l'air d'un naufragé, mais il tenait toujours son verre de vin à la main, un vin d'un beau rouge cramoisi, comme le bout de son nez et ses pommettes. Il repartit aussitôt.

Alfred sauta prestement sur l'épaule d'Antoine, puis dans le capuchon de son imperméable, imité par Ovide et Nana qui se cachèrent dans ceux de Robert et de Michel.

— Chic, le type! s'exclama Antoine en avançant avec peine dans le corridor.

— A peur de se faire accuser de meurtre, souffla Robert, les yeux encore tout rouges.

Ils grimpèrent un escalier et

débouchèrent dans une grande cuisine. La pièce était vide. Pendant un moment, ils contemplèrent en silence les trombes d'eau qui s'abattaient sauvagement sur une grande fenêtre. La vitre vibrait, poussait des plaintes. Tiendrait-elle longtemps? L'extérieur s'était transformé en un chaos grisâtre où filaient des ombres fantomatiques.

Bénédict Barbelaid apparut à une porte et leur tendit le poing :

— À l'heure qu'il est, ils sont noyés depuis longtemps, mes deux rats! Vous m'avez fait perdre une fortune, bande de petits niaiseux! Et vous voudriez que je vous sorte du pétrin? Débrouillez-vous tout seuls!

Rodion apparut derrière lui et haussa les épaules en levant les mains, comme pour leur dire :

— Désolé... je ne peux pas faire plus.

— Allez, viens-t'en, toi! ordonna Barbelaid en le prenant par le bras.

Il ouvrit la porte et les deux hommes s'enfoncèrent dans la tempête.

— Bon débarras! lança Alfred en sortant du capuchon. Que le diable les emporte dans son moulin à crottes!

Une bourrasque terrible se rua alors sur la maison, qui se mit à trembler de partout. La porte s'ouvrit brusquement et claqua contre le mur tandis qu'un paquet de pluie s'engouffrait dans le salon. Ils durent se mettre à trois pour la refermer. Une grande flaque s'étendait au milieu du tapis, qui se mit à la boire doucement. Soudain, on entendit un énorme craquement et les lumières s'éteignirent.

— Ça va mal, murmura Michel en prenant place sur un canapé.

Et il se fit tout petit.

Ovide grimpa par un rideau jusqu'à une fenêtre :

— Tabarnouche!

Et ses moustaches se raidirent.

— Qu'est-ce qu'il y a? demanda Alfred.

— L'eau touche presque à la dernière marche du perron!

— Mon Dieu! s'écria Nana. Si ça continue, elle va emporter la maison! Et qu'arrivera-t-il de nous, alors?

Robert se pencha vers Alfred, qui était allé rejoindre son père sur le rebord de la fenêtre :

— Il faudrait appeler nos parents. Tu ne pourrais pas réparer le téléphone?

— Impossible, répondit le rat. De toute façon, les lignes téléphoniques doivent être emportées un peu partout.

Ne sachant que faire, les garçons se mirent à fouiner dans la maison. Alfred se lança dans l'exploration des armoires de la cuisine. Une demi-heure passa ainsi.

— Tiens! un cellulaire! s'écria Michel en ouvrant un tiroir.

Il se tourna vers Antoine :

— Tu sais t'en servir?

— Ouais... Donne-le-moi. Je vais appeler mes parents pour leur demander de venir nous chercher. Ils vont nous engueuler, mais au moins on sera au sec.

Il reposa le combiné :

— Ça ne répond pas. Ils ont peut-être deviné qu'on était ici et sont déjà en route...

— Voilà l'eau qui entre dans le salon! lança Nana, de plus en plus alarmée.

— Et dans la cuisine aussi, répondit Alfred. La maison va prendre tout un bain de fesses, je vous en passe un papier!

Antoine essaya sans succès de rejoindre les parents de Michel, puis ceux de Robert.

Une heure passa. L'eau arrivait maintenant à leurs genoux et la maison émettait des craquements lamentables, comme si le vent allait la disloquer.

— Arrête, maudite pluie! s'écria soudain Robert, furieux.

— Allons, ne pleure pas, lança Alfred, sarcastique, tu vas faire monter le niveau.

Alors, pour détendre un peu l'atmosphère, Antoine se mit à causer avec les parents d'Alfred, qui s'étaient réfugiés sur le dossier d'un fauteuil :

— Comment avez-vous appris à parler? demanda-t-il à Ovide.

— Je ne sais pas. J'ai appris.

— Moi, c'est en écoutant les gens dans un restaurant, répondit Nana. Un jour, je me suis mise à les imiter. Voilà.

— Est-ce qu'il y a d'autres rats comme vous qui parlent?

Ovide fit signe que oui.

— Combien?

— Pas beaucoup. Il y en a déjà assez, si tu veux mon avis. Parler, pour un rat, c'est une calamité! On ne serait pas dans cette bouillie de merde si on ne parlait pas...

Un fracas épouvantable retentit dans la cuisine et une fenêtre baissa de plusieurs centimètres. Debout sur le seuil, les garçons contemplaient le mur qui faisait face au bassin de Chambly; des lézardes à présent le traversaient en tous sens. Une partie du plafond s'était affaissée.

— Le courant de la rivière gruge les fondations, murmura Michel d'un air sombre. Il faut sacrer le camp d'ici.

Robert leva les bras, désespéré :

— Pour aller où? Il y a de l'eau partout!

Du fauteuil où il était resté perché dans le salon, Ovide lança de sa curieuse voix grinçante :

— Si on se fouille un peu le ciboulot, on finira par trouver un moyen. Tu as une idée, toi, Alfred?

— J'en ai peut-être une.

Tous les regards convergèrent vers lui. Le mur de la cuisine émit un second craquement et le plancher s'affaissa un peu. Robert porta les mains à sa bouche; Michel lui tapota l'épaule pour le réconforter, mais il avait l'air aussi apeuré que lui.

— Alors, dis vite, reprit son père. Dans cinq minutes, on va tous barboter dans la soupe.

Alfred, assis sur le bras du fauteuil, gonfla un peu la poitrine et prit un air important :

— J'ai vu une vingtaine de viniers dans l'armoire à gauche du frigidaire. Allez me les chercher.

— Qu'est-ce qu'un vinier? demanda Antoine.

— Un sac à vin muni d'un robinet, tête vide! Ce Rodion buvait comme une baignoire. Il devait les acheter par camions entiers. Vite! avant qu'on avale la grande tasse!

Les garçons se dirigèrent vers la cuisine. Le plancher, de plus en plus incliné, ne donnait guère envie d'y entrer. Finalement, Michel se risqua, suivi d'Antoine, puis enfin de Robert.

Cinq minutes plus tard, une vingtaine de viniers s'empilaient dans le salon. L'eau ne cessait de monter. Un fauteuil se dandinait légèrement, pris d'une folle envie de flotter.

— Videz-moi ces sacs, ordonna Alfred. Ensuite, on n'aura qu'à les gonfler en soufflant dans les robinets, et ça nous fera des bouées!

— Bien pensé, fiston! lança Ovide. Mais il faudrait des cordes. Comment veux-tu qu'on s'accroche à ces sacs, nous, les rats?

Sous l'effort de la réflexion, Alfred fronçait les sourcils :

— Si on pouvait trouver un moyen de les assembler, on aurait une sorte de radeau...

Robert leva timidement la main :

— J'ai vu un tube de colle tout à l'heure sur une tablette.

— De la colle! s'esclaffa Michel. Quelle idée niaiseuse! La trouille te fait perdre la boule, mon vieux!

— Mais c'est de la *Colle folle*! On dit que ça colle n'importe quoi!

— Va la chercher, ordonna Alfred. Et vous deux, videz-moi ces sacs! Et que ça saute!

Robert se risqua de nouveau dans la cuisine; le plancher continuant de baisser, l'eau lui arrivait maintenant aux aisselles. Il se rendit à une armoire, s'empara du tube et revint dans le salon. On entendit comme un écroulement et le mur sud de la cuisine disparut. Le vent et la pluie envahirent la maison et il y eut des vagues dans le salon.

— Allez! plus vite! plus vite! criait Alfred. Attention, maman! tu vas tomber en bas du fauteuil! Toi, Robert, commence à gonfler les sacs.

La *Colle folle* opérait à merveille. Trois gouttes soudaient deux sacs l'un à l'autre pour l'éternité. Vingt minutes plus tard, un joli radeau se balançait dans le salon. Ce n'était pas trop tôt, car le plafond imitait de plus en plus celui de la cuisine. Le bungalow, battu par les vents, grugé par les courants, vivait ses dernières minutes.

— Mon Dieu! que ça danse! gémit Nana déjà sur le radeau. J'ai le mal de mer!

— Accroche-toi à un robinet, maman. C'est très solide. Mais prends garde de l'ouvrir, tout de même, le sac se dégonflerait.

— Il faut aussi des rames, observa Antoine, pour qu'on puisse se diriger.

Michel s'empara d'une planche à pain qui flottait près de lui :

— En voilà une. Tiens, arrache ces deux tablettes, là-bas, Antoine !

— Tout le monde à bord ! lança Alfred, la poitrine de plus en plus gonflée. On sort par la cuisine !

Ramant de toutes leurs forces, les garçons réussirent à traverser la cuisine, puis à s'avancer dans la tempête. On ne voyait pas à deux pas. La pluie et le vent coupaient le souffle. Cramponnée à un robinet, la queue raide de peur, Nana, les yeux fermés, poussait de petits cris. Ils parcoururent ainsi une vingtaine de mètres, puis un bruit sourd leur fit tourner la tête : le bungalow, vaincu, venait de s'abîmer dans les flots.

Complètement désorientés, ils se dirigeaient sans le savoir vers le centre du bassin où les vents se déchaînaient follement, car il n'y avait plus d'obstacle pour les arrêter. Des vagues énormes se mirent à les soulever, puis à les précipiter dans le vide. On se serait cru au milieu de l'océan! Planches et tablettes n'étaient plus d'aucun secours. La grisaille sinistre qui noyait toutes les choses avait été remplacée par une noirceur affreuse.

—Papa! maman! venez me chercher, se lamentait Antoine à voix basse, je suis tombé en enfer!

Chacun s'accrochait à un robinet, l'estomac soulevé par les haut-le-cœur, terrifié à l'idée que le radeau pouvait se renverser et qu'ils seraient alors précipités dans les flots où les attendait une mort certaine.

Cela dura des heures, personne n'aurait su dire combien au juste. Il y eut une accalmie, puis la tempête reprit, plus furieuse que jamais. Soudain une immense colonne d'eau déferla en rugissant sur le radeau, suffoquant et aveuglant tous ses occupants. Antoine toussa, cracha, reprit son souffle, ouvrit les yeux et constata avec horreur... qu'Alfred avait disparu!

— Alfred! se mit-il à hurler.

— Mon Dieu! c'est pas vrai! cria Nana.

— Mais qu'attendez-vous pour le chercher? lança Ovide aux garçons.

Michel, accroché d'une main à son robinet, plongea l'autre dans l'eau et se mit à la promener en tous sens. Il sentit tout à coup comme une tige entre ses doigts, tira de toutes ses forces, et Alfred apparut, à demi suffoqué.

— Allons! merci, ça suffit, abruti! Veux-tu m'équeuter?

Mais il fit suivre ces vigoureuses remarques d'un sourire qui effaça tout.

— Viens dans ma poche, toi! ordonna Antoine quand le rat fut un peu remis. Si on meurt, on mourra ensemble.

— Belle perspective! grogna Alfred.

Cependant il obéit.

Le ciel s'éclaira peu à peu. C'est-à-dire qu'à une noirceur horrible succéda un gris sinistre, empiré par le brouillard. Impossible de savoir où se trouvait le radeau. La pluie s'était transformée en une bruine glaciale qui congelait les chairs. Le vent avait conservé toute sa force et continuait de soulever des vagues énormes, d'un vert glauque, couronnées d'un panache d'écume, qui donnaient l'impression aux garçons d'être petits comme des rats et aux rats d'être gros comme des mouches.

Alors il se produisit coup sur coup deux événements remarquables.

On aperçut au loin le rivage. Puis, quelques secondes plus tard, Nana, poussant un cri de frayeur, vit apparaître au sommet d'une vague Rodion et Barbelaid, accrochés à un tronc d'arbre. Le vent les poussait vers le radeau. Bientôt, ils n'en furent plus qu'à quelques mètres. Ils avaient l'air épuisés et fixaient garçons et rats avec de grands yeux.

— Bandits! gigots pourris! queues de cochons! hurla Alfred. N'approchez pas, sinon je vous mords au visage!

— Alfred! ordonna Ovide. Je te défends de parler à ces résidus d'intestins!

Barbelaid sourit et sa bouche rappela une gueule de requin. Se tournant vers son compagnon :

— Tiens! voilà tous nos amis! Alors? me crois-tu à présent? Je t'avais dit qu'ils parlaient!

Il lâcha son épave et voulut s'approcher du radeau, mais une vague s'enroula soudain autour de lui et l'avala. Rodion, son œil ahuri et plein d'effroi posé sur eux, dériva peu à peu vers la gauche et finit par disparaître.

Les garçons, du reste, ne s'occupaient guère de lui. Accrochés d'une main au radeau, ils se servaient de l'autre comme d'une rame et tentaient désespérément de gagner le rivage, qui s'était un peu rapproché.

— Allez-y! allez-y! les encourageait Alfred. Ne ménagez pas vos forces! On arrive!

— Plus facile de se faire aller la gueule que les pattes, hein? grommela Robert, hors d'haleine.

Le vent était un peu tombé, facilitant leurs efforts. Ils aperçurent bientôt des maisons dévastées. L'une d'elles montrait ses deux étages éventrés. Un mur s'étant effondré, on voyait l'intérieur des pièces avec leurs meubles; assis dans une chaise haute au bord du vide, un ourson en peluche, les bras étendus, semblait appeler au secours.

Une heure plus tard, ils réussissaient à mettre pied à terre devant un grand amoncellement d'arbres fracassés. Michel tira le radeau sur le sol et le cacha sous des feuilles. Qui sait? il pourrait encore servir.

Titubant de fatigue, ils zigzaguèrent quelque temps parmi des débris, puis arrivèrent à une route inondée. Un camion apparut au loin dans un grand giclement d'eau. Ils agitèrent la main.

— D'où venez-vous comme ça? demanda un vieux monsieur à casquette rouge en baissant sa vitre.

Antoine s'avança :

— On a été emportés par l'inondation, monsieur. Pouvez-vous nous aider?

L'homme leur fit signe de monter. Ils étendirent les jambes dans la cabine chauffée et s'adossèrent au siège en fermant les yeux avec délice.

— Où demeurez-vous? demanda le conducteur.

— À Longueuil, murmura Robert, presque endormi.

— À Longueuil? Que faisiez-vous ici?

— Pas de tes affaires! lança Alfred, caché dans le capuchon d'Antoine.

— Hein? sursauta le monsieur.

— Je veux dire, bafouilla Antoine, qu'on était venus... pour affaires.

— Ah bon. Ce n'est pas ce que j'avais compris.

— Oui, c'est ça, pour affaires, répéta Michel.

Il entrouvrit le capuchon et y lança un regard furieux.

— Vous avez l'air d'en avoir arraché en tabarouette! reprit le vieil homme après les avoir observés un moment. Je vais vous reconduire chez vous.

Antoine hésita, puis :

— Pourriez-vous plutôt... nous amener à l'île Goyer? Je suis sûr que mes parents s'y trouvent.

— À l'île Goyer? Pour ce qu'il en reste! Enfin, c'est comme vous voulez...

Antoine avait bien deviné. Deux kilomètres avant l'île, il reconnut l'auto de son père, stationnée devant un motel. Tous leurs parents s'y trouvaient, accablés de chagrin : de l'île Goyer, il ne restait plus que quelques pignons pointant dans une eau boueuse couverte de débris. Des hommes-grenouilles attendaient que le vent se calme pour tenter de retrouver les corps des disparus.

Comment décrire leur joie quand ils virent apparaître les trois garçons? Tout le monde pleurait et riait en même temps. On oublia de chicaner les enfants pour leur escapade. Mais la présence d'étrangers empêchait Antoine et ses amis de raconter en long et en large leur aventure.

— Allons à la maison, décida Marie-Anne. Vous avez besoin d'une bonne soupe chaude... et ensuite au lit!

C'est dans l'auto qu'Antoine décrivit les terribles dangers qu'ils avaient affrontés. Mais, auparavant, Alfred et ses parents étaient sortis de leur cachette.

Les présentations se firent dans la plus grande simplicité.

— Je ne pensais pas que des êtres humains pouvaient se montrer aussi gentils, s'étonna Ovide. Ceux que j'ai connus jusqu'ici ne valaient pas un pet de chien.

Nana leva les yeux en l'air, toute gênée :

— Il a de ces expressions! Je n'ai jamais pu lui apprendre à parler comme il faut.

— Parler, c'est dire ce qu'on

pense, grogna l'autre. C'est ce que je fais.

Alain avait pris Ovide sur ses genoux tandis que Judith caressait Nana, émerveillée par la douceur de son pelage. Tout le monde avait hâte de présenter les rats à Motte de Beurre qui, n'ayant pas fermé l'œil de la nuit, avait dû rester à la maison, complètement flagada.

L'auto filait maintenant dans la rue Saint-Laurent. Antoine, les larmes aux yeux, contemplait la façade du dépanneur Lavigne, le parc Hurteau et sa curieuse structure métallique, le Centre culturel avec ses larges vitrines. Jamais ils ne lui avaient paru aussi beaux! C'était comme s'il revenait d'un long voyage.

Soudain, un sourire malicieux, presque impertinent, apparut sur son visage et il se pencha vers Alfred qui, perché sur son avant-bras, contemplait lui aussi le

Vieux-Longueuil avec une expression de contentement béat :

— Dis donc, Alfred, est-ce qu'il ne serait pas temps que tu nous dises pourquoi tu t'étais brouillé avec tes parents?

— Oh! ça, c'est toute une histoire! lança Ovide avec un drôle de ricanement. Une histoire d'amour qui a fini dans le ridicule.

— Pauvre Célimène! soupira Nana. Elle était si gentille, pourtant! Dommage que...

— Fermez-vous le clapet! siffla Alfred, furieux. C'est *moi* qui vais raconter cette histoire... quand j'en aurai envie. Pas avant!

Le silence se fit dans l'auto. On échangea des regards intrigués. Certains sourirent. Alfred amoureux? Qui aurait cru?

FIN

Longueuil, le 12 mars 1997